31º Salão Internacional de Humor de Piracicaba

De 28 de agosto a 12 de outubro de 2004

www.salaodehumordepiracicaba.com.br

PREFEITURA DO MUNICÍPIO DE PIRACICABA

SECRETARIA DA AÇÃO CULTURAL

CENTRO NACIONAL DE DOCUMENTAÇÃO,
PESQUISA E DIVULGAÇÃO DE HUMOR
DE PIRACICABA – Cedhu

objeto Brasil

Prefeitura do Município de Piracicaba
Secretaria da Ação Cultural
Centro Nacional de Documentação,
Pesquisa e Divulgação de Humor
de Piracicaba - Cedhu

Av. Maurice Allain, 454
Caixa Postal 12
13.405-123 - Piracicaba - SP - Brasil

31º Salão Internacional de Humor de Piracicaba

De 28 de agosto a 12 de outubro de 2004

Realização

Patrocínio

Apoio

31º Salão Internacional de Humor de Piracicaba

Prefeito do Município de Piracicaba
José Machado

Secretário da Ação Cultural
Heitor Gaudenci Junior

Diretora do Centro Nacional de Documentação, Pesquisa e Divulgação de Humor de Piracicaba – Cedhu
Maria Ivete Araújo

COMISSÃO ORGANIZADORA

Presidente
Joice Joppert Leal

Membros
Antonio Carlos de Moraes Sartini
Heitor Gaudenci Junior
Maria Ivete Araújo
Paulo Caruso
Sônia Luyten

JÚRI DE SELEÇÃO

Ângela Furlan
Dalcio Machado
Gualberto Costa
Luccas Longo
Maurício Ricardo
Paulo Caruso
Rodrigo Alves

JÚRI DE PREMIAÇÃO

Alcy
Chico Caruso
Claudius
Darcy Barros
Fabio Arruda Mortara
Fausto Guilherme Longo
Hubert Alquéres
Jaguar
Manoel Müller
Pedro Venceslau
Rodrigo Rosa
Rubens Ewald Filho
Sábat
Santiago

SUMÁRIO

31º
Salão Internacional de Humor de Piracicaba
31th International Humour Exhibition of Piracicaba
28 de agosto a 12 de outubro de 2004
august 28 to october 12 - 2004

Cartaz do 31º Salão. Autor: Rodrigo Rosa

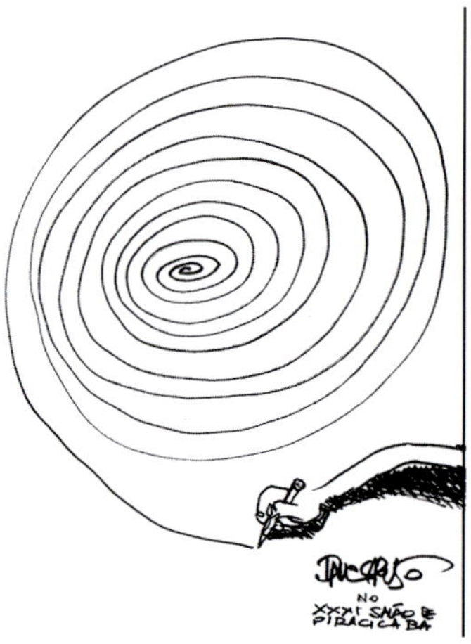
NO
XXXI SALÃO DE
PIRACICABA

+ 30 ANOS
UM ABRAÇO
AOS 31º + 30
ANOS DO SALÃO!
LUCCAS
LONGO
31º

PARABÉNS, PIRACICABA: 30 ANOS DE HUMOR!
MAURÍCIO
RICARDO

PIRA,
21 SET 04

31
FESTIVAL
DE
HUMOR
NA
CIDADE
DE
PIRACICABA

31º
SALÃO
DE
HUMOR
DE
PIRACICABA
GUALBERTO

31º
SALÃO
DE HUMOR
DE
PIRA
CICABA

SALÃO
BOM DE
BOLA
NHÔ
QUIM
XXXI
SALÃO
DE
PIRA-
CICA-
BA

NADA COMO
UMA
BACZAQUEANA
DO HUMOR!
2004
30

PIRA!
OÍ EU ÁQUI
TRAVEIZ!

Parabéns
Piracicaba!

SALÃO INTERNACIONAL DE HUMOR DE PIRACICABA

Piracicaba respira humor

Como o humor tem caráter universal, Piracicaba, conhecida por muitos como a capital nacional do açúcar, do álcool e da pamonha, foi projetada no mapa-múndi, como a capital internacional do humor, por meio do Salão Internacional, que este ano chegou à sua 31ª edição. Afinal, são mais de cinqüenta países, como Bósnia, Egito, China, Rússia, entre outros, que conhecem o Brasil através de Piracicaba, pois alguns de seus desenhistas são participantes assíduos do Salão de Humor, desde que o evento ganhou projeção internacional.

A sensação que se tem é que durante o evento, com mostras espalhadas em diversos pontos, a cidade "respira" o humor, podendo ele ser fino, escrachado, ininteligível. O fato é que Piracicaba é reconhecida como sede do segundo mais importante salão internacional de humor do mundo, apenas atrás do Japão, e o maior do País.

Surgido em 1974, em meio à ditadura militar, o Salão de Humor de Piracicaba foi um celeiro de discussões sobre a situação vigente, passando por cima da censura imposta aos veículos de comunicação da época. Já na sua primeira edição, participaram nomes, atualmente consagrados, como Millôr Fernandes, Jaguar, Ziraldo, Henfil, Luis Fernando Veríssimo, Paulo e Chico Caruso, Angeli, entre outros.

Por falar em Jaguar, após 16 anos distante, nos honra novamente com sua participação.

Certamente, o visitante que circular, hoje, pelos corredores do Engenho Central ou apreciar as mostras paralelas vai deparar-se com temas um pouco mais prosaicos, como caricaturas da Daniela Cicarelli, Malú Mader, ao lado de cartuns de temática social mais contundente. A verdade é que vivemos agora em uma democracia e os temas nacionais vigentes são outros, assim como novos artistas foram revelados. Quero ressaltar que, apesar de os tempos serem outros, a qualidade dos trabalhos continua indiscutível.

Atualmente, as crianças também ganharam seu espaço, com o "Salãozinho de Humor", um estímulo ao talento infantil e ao conhecimento dos pequenos cidadãos que vislumbram a arte através do humor e da alegria, essenciais para o universo infantil.

José Machado
Prefeito Municipal

SALÃO INTERNACIONAL DE HUMOR DE PIRACICABA

Salão de Humor
Refletir o que virá pela frente

Ao abrirmos a 31ª edição do Salão Internacional de Humor de Piracicaba, não há como não parar para refletir sobre o que virá pela frente, nos próximos 30 anos.

Adivinhar é algo que foge da instância de um dirigente, mas planejar o futuro é obrigação de quem se preocupa com as causas que norteiam o destino da cultura, nas mais diversas escalas.

Assim, ao assinarmos o protocolo de intenções para a criação de um Mundo Gráfico na nossa cidade, conseguimos prever de maneira concreta a continuidade de um projeto: concentrar num único lugar os acervos do Centro Nacional de Humor, do Museu de Tecnologia, Comunicação e Artes Gráficas e do Museu de Artes Gráficas. Tudo isso com o importante aval da Secretaria de Estado da Cultura.

Dessa forma, acreditamos que com essas conquistas, atingidas apenas por uma instituição alicerçada em 30 anos de ininterruptas realizações, estamos projetando um amanhã de horizontes mais promissores, tais como os dois prêmios "HQ Mix" recebidos nos últimos três anos, indicativos relevantes de que estamos no caminho certo. Prêmios esses equivalentes ao "Oscar" do cinema, conferidos por aqueles que mais entendem de humor gráfico neste país.

Não podemos deixar de citar outra importante conquista surgida no encalço do livro Piracicaba 30 Anos de Humor, lançado no ano passado: o site oficial do Salão de Humor. Passo fundamental para a definitiva inserção do Salão de Piracicaba no mais completo meio de comunicação surgido na era moderna, a Internet.

Além de romper sua última barreira, chega acertadamente para abrir novas fronteiras.

É difícil afirmar que tudo isso era pensado há 30 anos, quando três visionários piracicabanos conseguiram pôr em prática um sonho alimentado durante anos, mas as últimas conquistas deixam um lastro profundo, sinalizando muito bem que frutos vindouros serão colhidos.

Heitor Gaudenci Junior
Secretário da Ação Cultural

SALÃO INTERNACIONAL DE HUMOR DE PIRACICABA

30 anos
A linha do tempo do humor

Quando se estabelece uma linha do tempo dos Salões de Humor que se espalharam pelo País afora, do Sul-Sudeste às regiões Norte-Nordeste e Centro-Oeste, percebe-se a importância não só para a divulgação dos cartunistas brasileiros em nosso país e no exterior, mas também o significado que o Salão Internacional de Humor de Piracicaba teve no início da década de 70 – ou mais precisamente a partir de 1974, por ter difundido idéias em um período extremamente conturbado da vida brasileira.

Como também o *Pasquim*, o Salão de Piracicaba foi muito além, pois revelou centenas e centenas de talentos nos últimos 30 anos e provocou uma revolução, trazendo uma nova geração de artistas que se destacam em todos os segmentos da mídia.

O Salão de Humor teve também o poder de colocar o nome de Piracicaba entre as cidades mais importantes do mundo na realização de exposições desse gênero. Durante a premiação foi unânime no discurso dos vencedores: "Ser premiado no Salão de Humor de Piracicaba é ganhar o Oscar do Cartum no Brasil."

Hoje o acervo do Salão de Humor de Piracicaba é riquíssimo e percorre o País durante todo o ano, mostrando a história do Brasil e do mundo, através dos desenhos, nos últimos 30 anos.

A cidade vem pouco a pouco conquistando mais espaços nas artes gráficas, com a assinatura de um protocolo de intenções por meio da Secretaria da Cultura do Estado de São Paulo, da Prefeitura do Município de Piracicaba e da Associação dos Amigos do Museu de Tecnologia, Comunicação e Artes Gráficas (AMUG), visando à implementação do Mundo Gráfico nos galpões do Engenho Central e que se transformará, sem dúvida, em uma referência para o setor no Brasil e no Exterior.

Homenagem a Marcelo Ravoni

Quando terminávamos este texto, recebi a triste notícia do falecimento do meu querido amigo e compadre Marcelo Ravoni, que ao lado de sua mulher, Coleta, foi um dos principais promotores do humor brasileiro e latino-americano, agenciando artistas como: Ziraldo, Mordillo, Miguel Paiva, Quino, Fontanarosa, Oski, Alberto Breccia, Munhoz e Santiago entre tantos outros.
Fica aqui nossa homenagem e nossa saudade permanente de Marcelo Ravoni.

Joice Joppert Leal
Presidente da Comissão Organizadora

SALÃO INTERNACIONAL DE HUMOR DE PIRACICABA

CARTUM

Salão de Humor
Celeiro de Talentos

Ao completar 30 anos, o Salão Internacional de Humor de Piracicaba, além de se consagrar como um dos mais antigos em atividade no mundo, tem a primazia de ser considerado o pai de todos os salões surgidos a partir de 1974 em nosso país. Frutos de uma fórmula saudável que permitiu ao País descobrir talentos até então escondidos sob a sombra de um estilo "menor" de se fazer arte.

Hoje, três décadas após sua primeira edição, como já aconteceu outras vezes, vemos um chargista premiado sendo recompensado com a sua contratação em um grande veículo de comunicação antes mesmo de conquistar o mundo com sua obra.

Mas quantos bons desenhistas despontam nos meios de comunicação de massa sem antes peregrinarem pela imprensa, ou mesmo publicando gratuitamente, para terem seu trabalho divulgado.

O cartunista Paulo Caruso, mais de uma vez, deixou claro que sente uma ponta, do seu afiado lápis, de desapontamento por jamais ter ganho um prêmio em Piracicaba. Fato que nunca atrapalhou sua carreira, pelo grande artista que é.

Mas não há como negar que outros grandes nomes das artes gráficas nacionais decolaram para o sucesso partindo exatamente desta terra. Quando o Salão nascia, éramos um dos poucos canais disponíveis para se conseguir apresentar um desenho.

Hoje somos a Capital do Humor.

Agora, ao adentrarmos no século XXI, assistimos ao impetuoso desbravar do humor gráfico nos meios eletrônicos, superando em muito as fronteiras impostas pelo papel.

É certo que as novas tecnologias trazem ferramentas mais modernas, mas a criatividade não tem limites. Assim, carregando a mesma bandeira há 30 anos, coroada de êxitos e glórias, o Salão de Humor de Piracicaba jamais abrirá mão de sua essência inata de proclamar a liberdade.

Maria Ivete Araújo
Diretora do Centro Nacional de Documentação, Pesquisa e Divulgação de Humor de Piracicaba – Cedhu

1º LUGAR
Yuri Ochakovsky
Rishon Le Zion - Israel

2º LUGAR
Pavel Constantin
Focsani - Romênia

MENÇÃO HONROSA E PRÊMIO SAÚDE UNIMED
Lézio Custódio Júnior
S. J. do Rio Preto - SP

MENÇÃO HONROSA
Versales
São Paulo - SP

PRÉMIO CÂMARA MUNICIPAL
Sandro Aparecido Perli
Amparo - SP

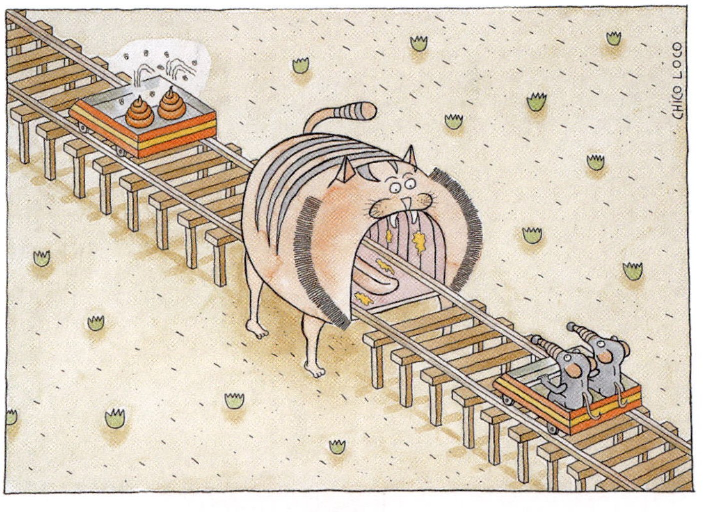

Bruno Francisco da Silva, *São Paulo - SP*

Besharati Mohammad Reza, *Zahedan - Irã*

Amorim, *São Paulo - SP*

Alexandre Coelho de Souza, *Belo Horizonte - MG*

Ari Plikat, *Alemanha*

DIL MARCIO

Dil Márcio da Silva e Souza,
Nova Friburgo - RJ

RUCKE

Raimundo Rucke Santos Souza, *Itu - SP*

CHEQUE
PRÉ PARA
SEXTA-FEIRA 13.
ACEITA?
PONCIANO

Daniel Ponciano da Silva, *Seropédica - RJ*

POW!
BANG!
PAF!
TUM!
PONCIANO

Bossens Philippe, *Gent - Bélgica*

Bossens Philippe, *Gent - Bélgica*

-ANTES DE ME ESPANCAR POR FAVOR, CONSULTE SUA CONSCIÊNCIA!!...

Deiverson Santana de Souza, *Mauá - SP*

Jitet Koestana, *Semarang - Indonésia*

Fabio Sorbini, *São Paulo - SP*

O PAPAGAIO DO ZOÓFILO
DESTA VEZ EU PEDI PRA VOCÊ DAR O PÉ, LOURO!

Evandro Alves, *Lagoa Santa - MG*

Eduardo Ferreira Grosso, *Piracicaba - SP*

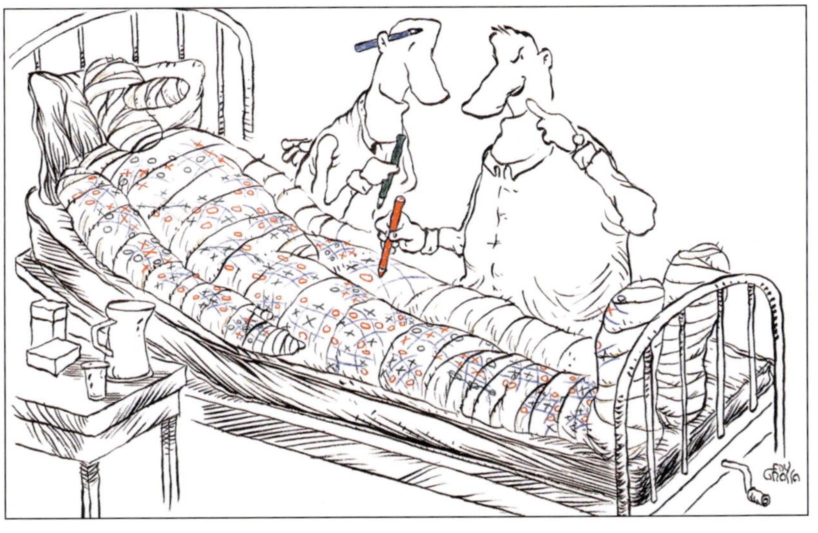

Eduardo Ferreira Grosso, *Piracicaba - SP*

Elias de Carvalho Silveira, *Bauru - SP*

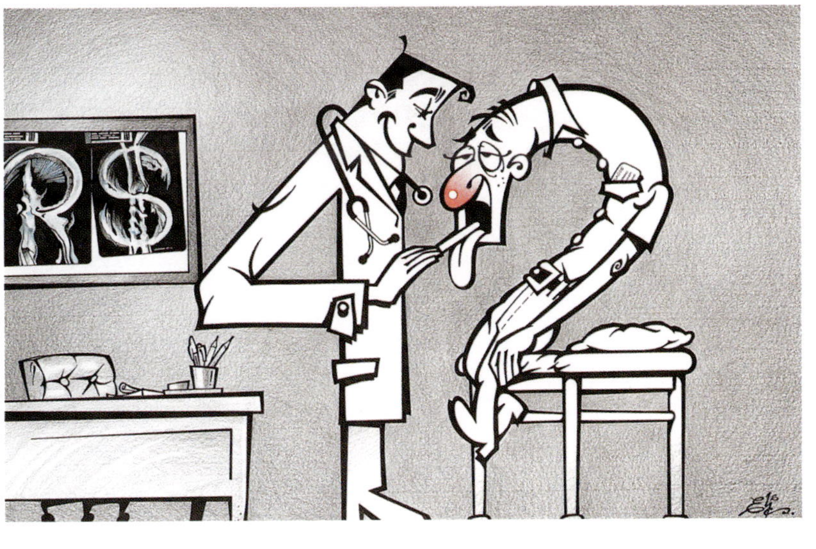

Guangjun Li, *Hefei - China*

Frederico Ozanan, *Campina Grande - PB*

Franco Bacci, *Pistoia - Itália*

Flávio Luiz Rodrigues Nogueira, *Salvador - BA*

Franco Bacci, *Pístoia - Itália*

Francisco Irani de Alencar, *São Paulo - SP*

João Spacca de Oliveira, *São Paulo - SP*

João Bosco Jaco de Azevedo, *Belém - PA*

ERA UMA VEZ UM LOBO MUITO MAU...
FÁBULAS

Luiz Eugênio Quintão Guerra, *Belo Horizonte - MG*

Jarbas Domingos, *Recife - PE*

Izanio Bezerra Façanha, *Teresina - PI*

Ronaldo Augusto Moreira Rodrigues, *Macapá - AP*

Guangjun Li, *Hefei - China*

Lubomir Kotrha, *Trencin - Eslováquia*

Lubica Konkova, *Trencin - Eslováquia*

Jessé Ribeiro, *Ourinhos - SP*

Pyotr Kulinich, *Sochi - Rússia*

SORRIA
VOCÊ ESTÁ
SENDO
FILMADO
ALMIR

José Almir de Andrade, *Goiânia - GO*

MEDINO

João Medino da Silva, *Timon - MA*

Lupu Marian, *Baia Mare - Romênia*

Marcelo Barreto de Lacerda (Verde), *São Paulo - SP*

Manoel Vaz Gomes Corrêa, *Rio de Janeiro - RJ*

Lubomir Kotrha, *Trencin - Eslováquia*

Luciano Tasso Filho, *São Paulo - SP*

José Antonio Costa, *Teresina - PI*

FUJA, QUE O MEU MARIDO VEM VINDO!

Márcio Rogério Castelhano, *São Paulo - SP*

MYLA
2004

Mylene Cyrino Basso, *São Paulo - SP*

MOISÉS
2004

Moisés de Macedo Coutinho, *Mogi-Guaçu - SP*

Oguz Gurel, *Istambul - Turquia*

Márcio José Coelho Monteiro, *Natal - RN*

Paulo Sérgio Baeta Von Indelt, *Joinville - SC*

Rogério Rodrigues da Silva, *Santa Isabel - SP*

ELE SEMPRE REZA ANTES DE COMER!
LIXO

Marcelo Barreto de Lacerda (Verde), *São Paulo - SP*

Pavel Constantin, *Focsani - Romênia*

Oguz Gurel, *Istambul - Turquia*

Osvaldo da Silva Costa, *Boqueirão - SP*

Paulo Barbosa, *Belo Horizonte - MG*

José Antonio Costa, *Teresina - PI*

Valfrido Ricardo Martins, *Manhuaçu - MG*

Valmir Ramos, *São Paulo - SP*

Rubens Domingues Cintra Gomes, *S. J. do Rio Preto - SP*

Sandro Aparecido Perli, *Amparo - SP*

Raimundo Guimarães de Cerqueira Jr.
São Paulo - SP

Wagner Zanirato, *São Paulo - SP*

Wolfgang Schiegel, *Alemanha*

Yuri Kosobukin, *Kiev - Ucrânia*

Lubomir Kotrha, *Trencin - Eslováquia*

Acacio Geraldo de Lima, *São Paulo - SP*

Versales, *São Paulo - SP*

Yuri Kosobukin, *Kiev - Ucrânia*

SALÃO INTERNACIONAL DE HUMOR DE PIRACICABA

CHARGE

Salão de Humor de Piracicaba
Uma referência indiscutível do humor gráfico

A continuidade dos Salões de Humor em Piracicaba está se transformando, felizmente, em uma necessidade. Alguns se sentirão surpreendidos, e essa pretensão parte de sua importância, mas não há o que temer: os contribuintes principais são os artistas, que se superam ano após ano.

Recordamos nossa presença em 1976, quando fomos jurados com Sérgio Aragonés do agora extinto Geoffrey Dickinson. Quem ganhou o prêmio principal esse ano foi Chico Caruso, que é uma celebridade internacional, graças ao seu humor, valentia, imaginação e extraordinária capacidade artística.

Os outros candidatos percorreram caminhos similares e nunca se arrependeram de ter participado deste evento nascido em uma cidade satélite de São Paulo que se projetou como uma referência indiscutível do Humor Gráfico, como também, e principalmente, em um paraíso da democracia.

Agosto de 2004
H. S.

Hermenegildo Sábat
Cartunista

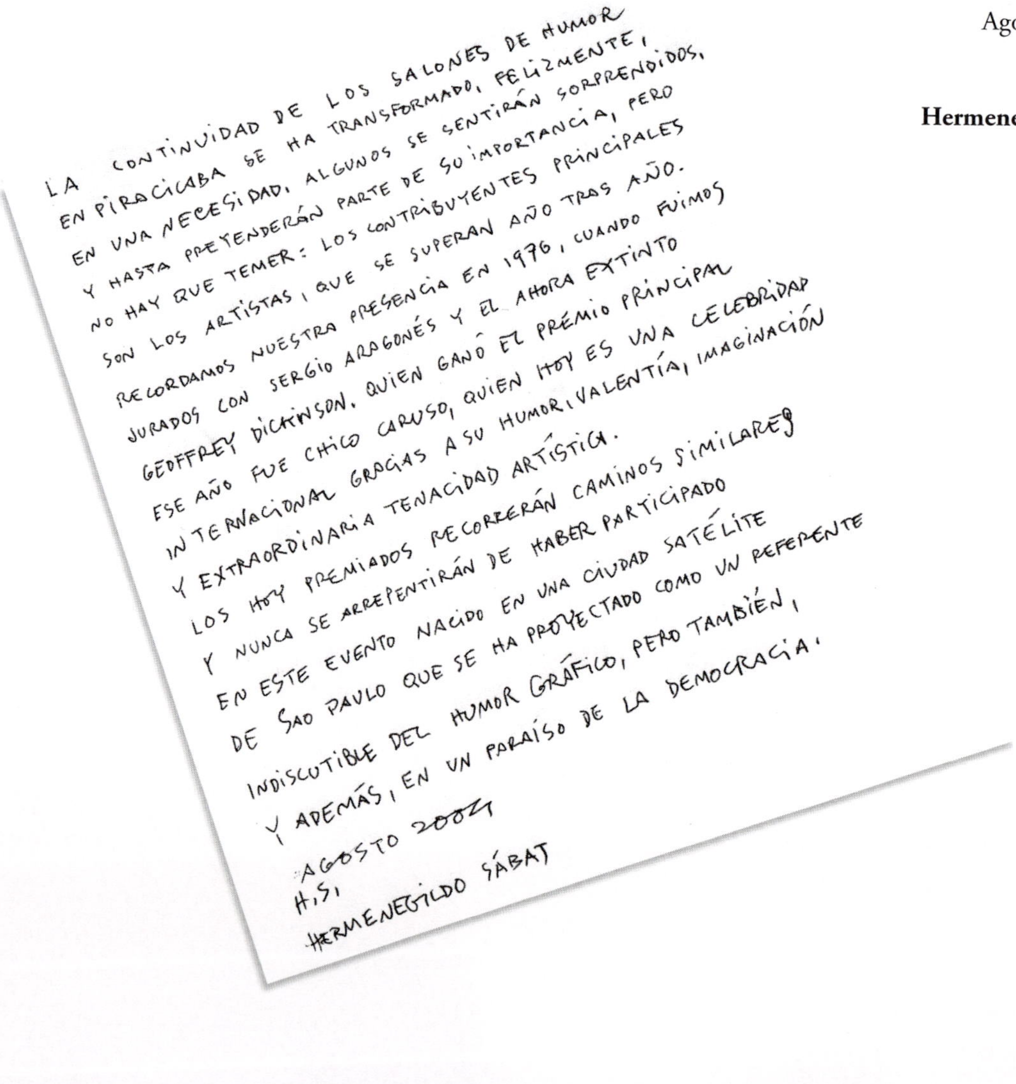
LA CONTINUIDAD DE LOS SALONES DE HUMOR
EN PIRACICABA SE HA TRANSFORMADO, FELIZMENTE,
EN UNA NECESIDAD. ALGUNOS SE SENTIRÁN SORPRENDIDOS,
Y HASTA PRETENDERÁN PARTE DE SU IMPORTANCIA, PERO
NO HAY QUE TEMER: LOS CONTRIBUYENTES PRINCIPALES
SON LOS ARTISTAS, QUE SE SUPERAN AÑO TRAS AÑO.
RECORDAMOS NUESTRA PRESENCIA EN 1976, CUANDO FUIMOS
JURADOS CON SERGIO ARAGONÉS Y EL AHORA EXTINTO
GEOFFREY DICKINSON. QUIEN GANÓ EL PREMIO PRINCIPAL
ESE AÑO FUE CHICO CARUSO, QUIEN HOY ES UNA CELEBRIDAD
INTERNACIONAL GRACIAS A SU HUMOR, VALENTÍA, IMAGINACIÓN
Y EXTRAORDINARIA TENACIDAD ARTÍSTICA.
LOS HOY PREMIADOS RECORRERÁN CAMINOS SIMILARES
Y NUNCA SE ARREPENTIRÁN DE HABER PARTICIPADO
EN ESTE EVENTO NACIDO EN UNA CIUDAD SATÉLITE
DE SAO PAULO QUE SE HA PROYECTADO COMO UN REFERENTE
INDISCUTIBLE DEL HUMOR GRÁFICO, PERO TAMBIÉN,
Y ADEMÁS, EN UN PARAÍSO DE LA DEMOCRACIA.
AGOSTO 2004
H.S.
HERMENEGILDO SÁBAT

1º LUGAR
Cristobal Reinoso
Córdoba - Argentina

2º LUGAR
José Antonio Costa
Teresina - PI

MENÇÃO HONROSA
Carlos Augusto R. Nascimento
Belém - PA

MENÇÃO HONROSA
Alfredo Martirena Hernandez
Cuba

Valfrido Ricardo Martins, *Manhuaçu - MG*

Julio Cesar de Souza, *São Paulo - SP*

José Antonio Costa, *Teresina - PI*

Sebastian Xavier de Lima, *Avaré - SP*

...E ENTÃO VOCÊ IRA' PARA O PARAÍSO E TERA' DIREITO A MIL VIRGENS!
TIC
TAC TIC
VIGE!!!
BUM!

Antonio Amâncio de Oliveira Filho, *Natal - RN*

Pelé
ETERNO
MARADONA
INTERNO
CLÍNICA

André Luis dos Reis Revair, *Varginha - MG*

Antonio Carlos de Paula Junior, *São Paulo - SP*

Hector Salas, *Salvador - BA*

Benett Macedo, *Curitiba - PR*

Cristobal Reinoso, *Córdoba - Argentina*

Cláudio Ferraz de Oliveira, *Jacareí - SP*

Diogo Pablo Araújo Lopes, *Gravataí - RS*

Emerson Carvalho de Souza, *Mariana - MG*

CAMPANHA
DO
DESARMAMENTO

Erasmo Spadotto, *Piracicaba - SP*

DIZIAM QUE
ERA UM
FENÔMENO...
DIZIAM QUE
NUNCA MAIS IRIA
TIRAR A ROUPA...

Oliver Quinto, *São Paulo - SP*

Evandro Alves, *Lagoa Santa - MG*

Erico de Oliveira Junqueira Ayres, *São Luis - MA*

Erico de Oliveira Junqueira Ayres, *São Luis - MA*

Evandro Alves, *Lagoa Santa - MG*

Gilmar E. Fernandes, *Santo André - SP*

Oliver Quinto, *São Paulo - SP*

Raimundo Waldez da C. Duarte, *Belém - Pará*

Ronaldo Cunha Dias, *Vacaria - RS*

Antonio Carlos de Paula Junior, *São Paulo - SP*

Ronaldo Cunha Dias, *Vacaria - RS*

Ivan Cabral da Silva, *Natal - RN*

A SENHORA TEM CERTEZA DE QUE NÃO TEM MAIS NADA NA BOLSA ?! NEM UMA CHAVEZINHA ?
BANCO

André Luis Marangoni, *Piracicaba - SP*

CAMPANHA DE DESARMAMENTO
ENTREGUE AQUI A SUA ARMA

Ivan Cabral da Silva, *Natal - RN*

SOU O VIZINHO DO ANDAR DE-CIMA! SABE QUE VOCÊ ESTÁ SUJANDO TODA A MINHA ÁGUA?
ISSO AQUI É UMA ÁRVORE... O RIO FICA BEM MAIS LÁ PRA RIBA... INTÃO, NÉ?...
NÃO PERGUNTEI NADA! AINDA POR CIMA VOCÊ ESTÁ DETONANDO MINHA ÁRVORE!
ISSO É PURO TERRORISMO!! PORTANTO...
SACO! JÁ OUVI ESSA HISTÓRIA...

Jaime Fonseca de Mello, *São Paulo - SP*

VOTE

Ivan Cabral da Silva, *Natal - RN*

PAI, O SENHOR JÁ TEVE MUITOS EMPREGOS. QUAL FOI O ÚLTIMO?
STRIPPER!
JARBAS

Jarbas Domingos, *Recife - PE*

WE ALSO HAVE ECO-CHILD...

Jaroslaw Jaworski, *Polônia*

Jessé Ribeiro, *Ourinhos - SP*

Lupu Marian, *Baia Mare - Romênia*

A MORTE DO XEQUE AHMED YASSIN FICA MARCADA
OBA! UMA VAGA...

Maurício Pereira de Carvalho, *Belo Horizonte - MG*

MST

João Valdenio Silva, *Piranhas - AL*

Elias Ramires Monteiro, *Santa Maria - RS*

Frederico Ozanan, *Campina Grande - PB*

Paulo Barbosa, *Belo Horizonte - MG*

WC

Yuri Ochakovsky, *Rishon Le Zion - Israel*

Raimundo Rucke Santos Souza, *Itu - SP*

RUCKE

O LULA TÁ
IRRECONHECÍVEL.

Renato Canini, *Pelotas - RS*

João Bento de Souza Neto, *Belém - PA*

CRISE
BRASILIS
blues
DEIXE O FOLHETO AQUI
NÃO LAVE O VIDRO
RETIRE A MOEDA
DEIXE SUA BALA AQUI
RETIRE SUA MOEDA ALI

Ubiratan Libanio Dantas de Araújo, *Campinas - SP*

PARABÉNS!! COM A REDUÇÃO DO TEMPO DE EXPLOSÃO, VOCÊ CONSEGUIU O ÍNDICE OLÍMPICO!

Ubiratan Nazareno Borges Porto, *Belém - PA*

Sérgio Ribeiro Lemos, *Santos - SP*

João Bosco Jaco de Azevedo, *Belém - PA*

PROMETERAM
AUMENTAR A
PRODUÇÃO INDUSTRIAL...
ÔBA!

Jessé Ribeiro, *Ourinhos - SP*

YES
NO

Lubomir Kotrha, *Trencin - Eslováquia*

EU FALEI
PRA ELES QUE
O SEU PAI
ERA PAVIO
CURTO...

Luciano Veronezi, *São Pedro - SP*

Luiz Carlos dos Santos, *São Paulo - SP*

PROMETO COMBATER A POLUIÇÃO VISUAL.

Luiz Carlos dos Santos, *São Paulo - SP*

FILHO, SE VOCÊ NÃO ESTUDAR, NUNCA VAI SER UMA BOMBA-INTELIGENTE!

Luciano Kayser Vargas, *Canoas - RS*

Paulo Volmar Mattos Vilanova, *Porto Alegre - RS*

Paulo Volmar Mattos Vilanova, *Porto Alegre - RS*

Paulo Volmar Mattos Vilanova , *Porto Alegre - RS*

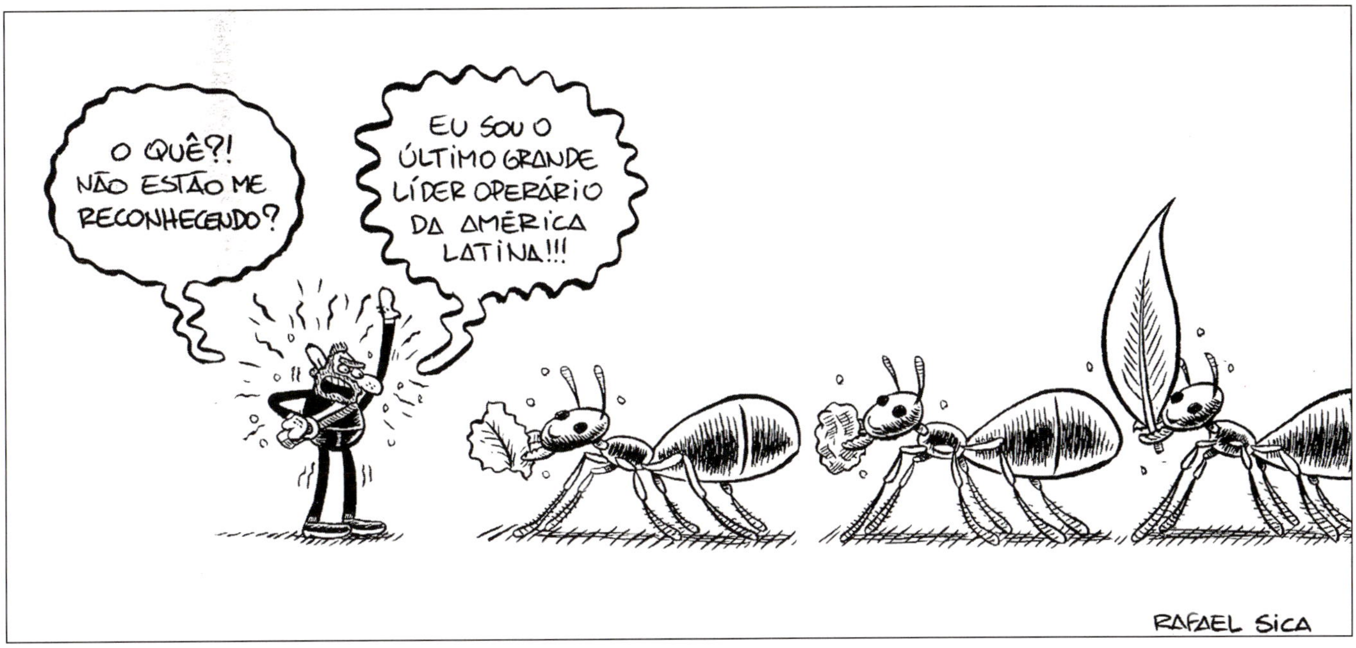
O QUÊ?! NÃO ESTÃO ME RECONHECENDO?
EU SOU O ÚLTIMO GRANDE LÍDER OPERÁRIO DA AMÉRICA LATINA!!!
RAFAEL SICA

Rafael Cavalheiro Sica, *São Paulo - SP*

OTE
VOTE
VOTE
VOT
JUNIÃO

Antonio Carlos de Paula Junior, *São Paulo - SP*

PEDÁGIO

Rafael Cavalheiro Sica, *São Paulo - SP*

CAMPO MINADO

Roberto de Mello Soares, *Itapeva - SP*

Christian Indus, *Alemanha*

Antonio Marcos Camargo, *Piracicaba - SP*

Emerson Carvalho de Souza, *Mariana - MG*

Benett Macedo, *Curitiba - PR*

Clovis Paulo Stocker, *São Paulo - SP*

SALÃO INTERNACIONAL DE HUMOR DE PIRACICABA

CARICATURA

Salão de Humor - Quanto mais melhor

Apesar do grito da minha geração que clamava por criar um, dois, três, mil Vietnãs para subjugar o capitalismo ianque, sempre me recusei a acreditar na estratégia da proliferação pra se vencer qualquer coisa, ainda mais em se tratando desse império do mal, espalhado por todos os confins do planeta.

Pois não é que eles mesmos acabaram fazendo isso, metendo-se no Iraque, Afeganistão e, quase, quase, no nosso quintal, na vizinha Venezuela?

Também na questão dos salões de humor fui voto vencido. Acreditei piamente que a criação de um, dois, três, mil salões de humor pudesse significar o esvaziamento do nosso salão mais importante na área, o Salão Internacional de Humor de Piracicaba, um dos mais antigos e importantes do mundo.

Pois se pensarmos bem, aconteceu justamente o contrário. Os salões, ao redor do planeta, vêm se constituindo numa alternativa ao mercado de trabalho dos artistas e, mais do que isso, num importante pólo de discussão das idéias que o afligem, sejam guerras, violência, terrorismo ou temas aparentemente mais brandos como os jogos olímpicos, essa substituição da capacidade que o homem tinha de jogar futebol com a cabeça dos outros, sublimada para uma salutar e admirável competição esportiva.

Salão de Humor, hoje, no Brasil e no mundo, significa a possibilidade de sobrevivência para um enorme contingente de artistas que não tem visibilidade através da imprensa para o seu trabalho.
Talvez por isso (além é claro dos valores dos prêmios) sejam tão concorridos, recebendo milhares de trabalhos para a seleção de uma ou duas centenas de concorrentes aos prêmios oferecidos, em geral dois ou três, nunca mais de uma dezena.

Paulo Caruso
Cartunista

1º LUGAR
Luciano Veronezi
São Pedro - SP

2º LUGAR
Junior Lopes
São Paulo - SP

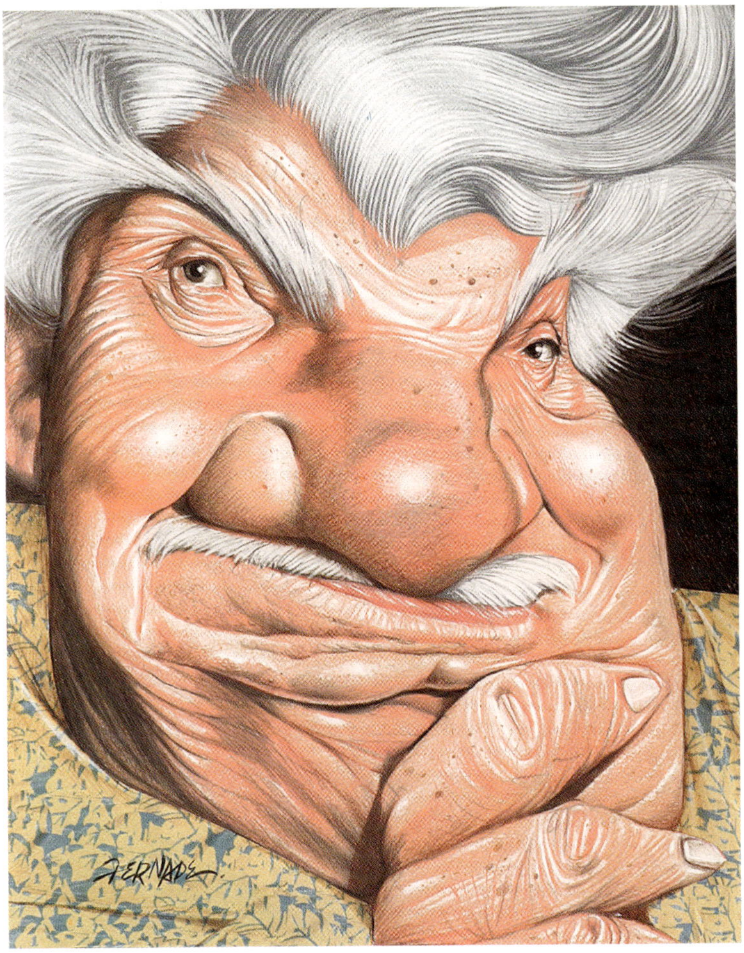

MENÇÃO HONROSA
Luiz Carlos Fernandes
São Caetano do Sul - SP

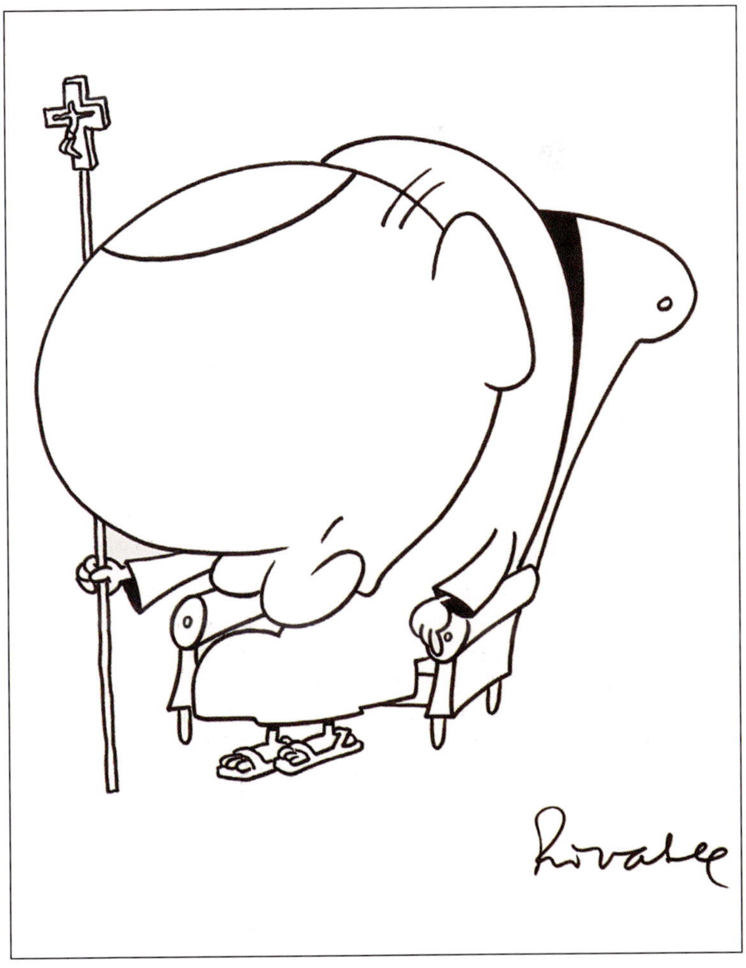

MENÇÃO HONROSA
Ronaldo Cunha Dias
Vacaria - RS

Carlos Henrique Pinto Caminha,
Belo Horizonte - MG

Daniel Tadao Sato,
São Paulo - SP

David Fernando Tejada,
Córdoba - Argentina

Elias de Carvalho Silveira, *Bauru - SP*

Gustavo Duarte, *São Paulo - SP*

Eduardo Baptistão, *São Paulo - SP*

Eco Moliterno, *São Paulo - SP*

Eco Moliterno, *São Paulo - SP*

Deiverson Santana de Souza, *Mauá - SP*

Deiverson Santana de Souza, *Mauá - SP*

Diogo Pablo Araújo Lopes, *Gravataí - RS*

Erik Fontes de Queiroz,
Belo Horizonte - MG

Fabio Roberto C. da Fonseca, *França*

Fernando Luiz da Silva dos Santos, *Piedade - SP*

Elias de Carvalho Silveira, *Bauru - SP*

Carlos Henrique Pinto Caminha,
Belo Horizonte - MG

Elizeu de Lima Silva, *Mogi das Cruzes - SP*

Anderson de Carvalho Kocis,
Caraguatatuba - SP

Gilmar de Oliveira Fraga, *Porto Alegre - RS*

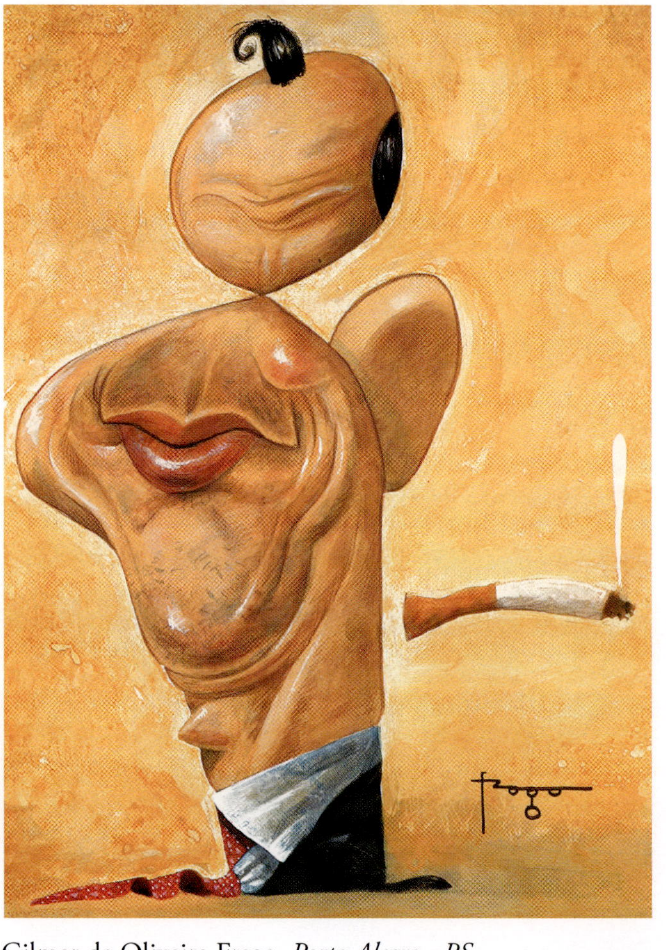

Gilmar de Oliveira Fraga, *Porto Alegre - RS*

Flávio Rossi, *Campinas - SP*

Flávio Rossi, *Campinas - SP*

Gabriel Domingues Petito Vieira, *Piracicaba - SP*

Altemir Gomes da Cunha Junior - *Piracicaba - SP*

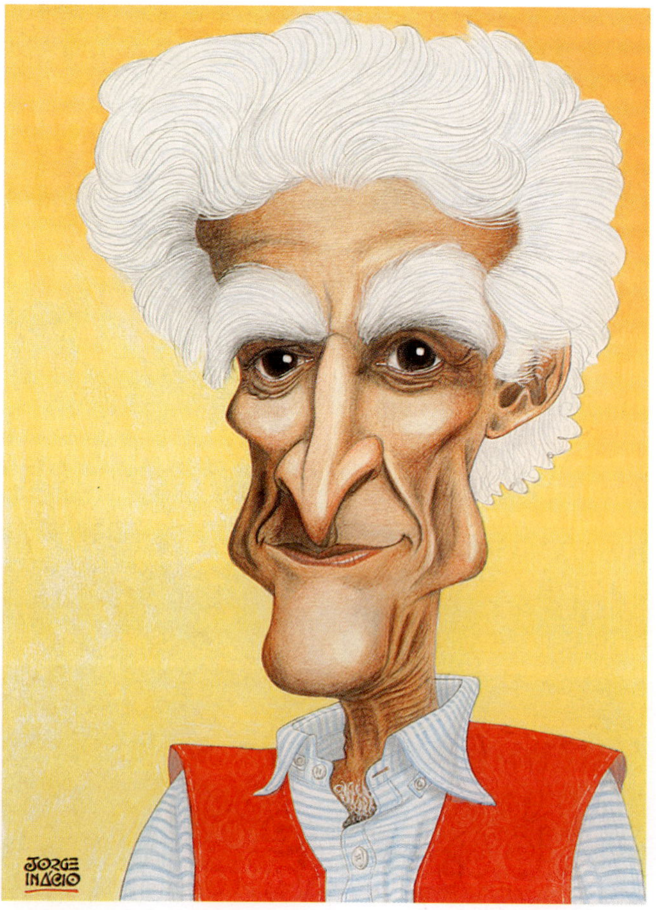

Jorge L. Inácio - *Ipatinga - MG*

Jorge L. Inácio - *Ipatinga - MG*

Leandro Barea Pernas, *Lugo - Espanha*

Francisco Carlos Campos Costa, *Fortaleza - CE*

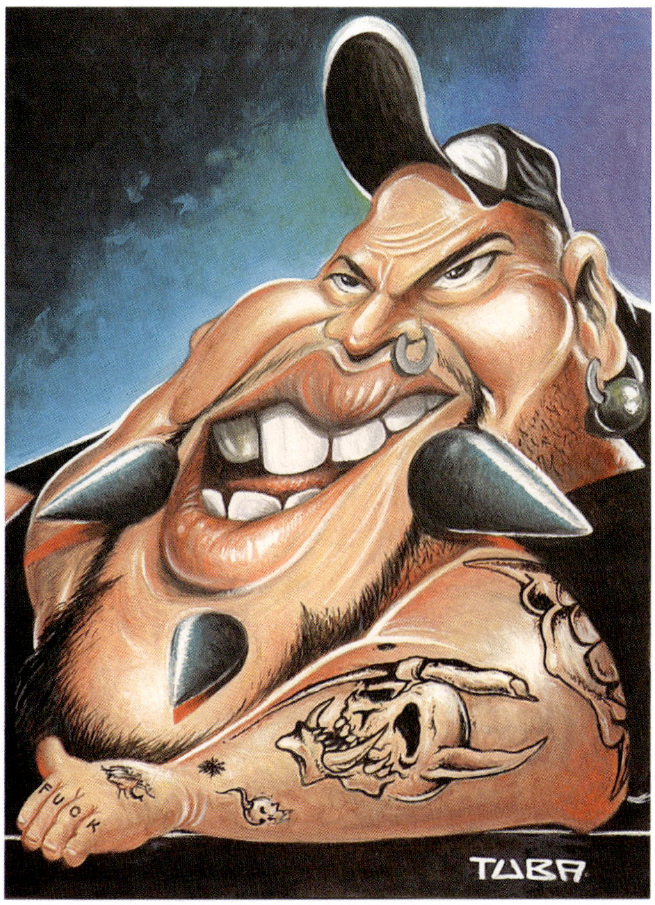

Marcos Ribeiro Mendes, *Cachoeirinha - RS*

Paula Carneiro Amin, *Campinas - SP*

Eduardo F. de Almeida Sava, *Campinas - SP*

Larissa Leão, *Campinas - SP*

Ozbek Eray, *Turquia*

Sidney Siqueira Meireles, *São Paulo - SP*

Sidney Siqueira Meireles, *São Paulo - SP*

Marcelo Coelho Caribe, *Guarulhos - SP*

André de Pádua de Oliveira e Silva, *Campinas - SP*

Jaime Fonseca de Mello, *São Paulo - SP*

Cláudio Marcos de Moura Lourenço,
Rio de Janeiro - RJ

Cláudio Marcos de Moura Lourenço,
Rio de Janeiro - RJ

José Almir de Andrade, *Goiânia - SP*

Jorge Antonio da Silva, *São Paulo - SP*

Josimar Costa de Lima, *Indaiatuba - SP*

Juliana Ferreira Colombo, *Campinas - SP*

Jaime Fonseca de Mello, *São Paulo - SP*

João Bento de Sousa Neto, *Belém - PA*

Jorge Antonio da Silva, *São Paulo - SP*

Leandro Spett, *São Paulo - SP*

Lézio Custódio Júnior, *S. J. do Rio Preto - SP*

Liliane Aparecida Detoni Silva, *Campinas - SP*

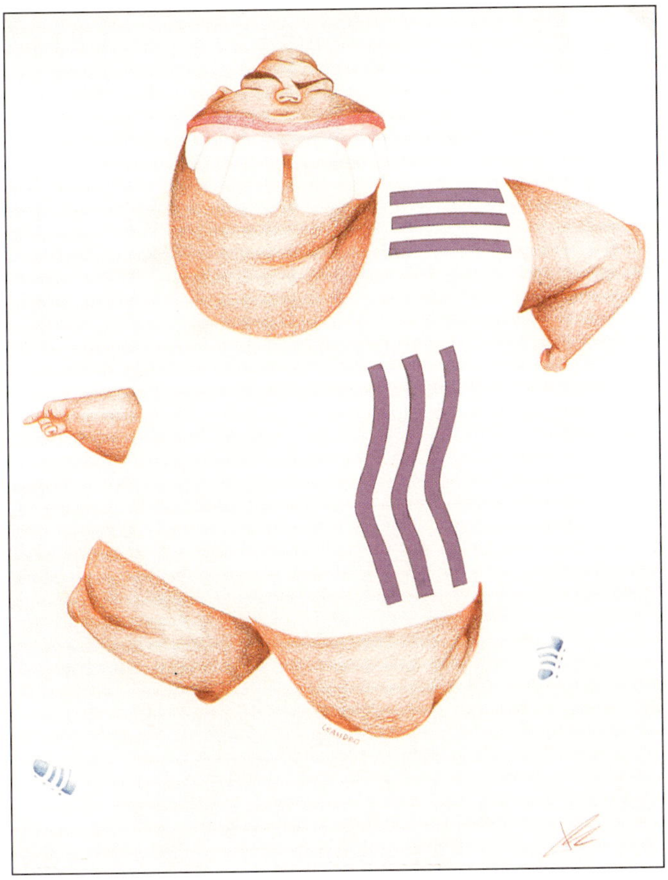

Leandro Barea Pernas, *Lugo - Espanha*

Julio C. Vicentin, *Paulínia - SP*

Leandro Spett, *São Paulo - SP*

Luiz Filipe Moretzsohn de Castro, *Campinas - SP*

Luis Gustavo Guimarães, *Monte Alto - SP*

Luis Ricardo Boschetti Zavala, *Valinhos - SP*

Luciano Veronezi, *São Pedro - SP*

Luciano Félix Ferreira, *Jaboatão dos Guararapes - PE*

Luis Gustavo Guimarães, *Monte Alto - SP*

Maurício Lite Bueno, *Campinas - SP*

Paulo Branco, *Campinas - SP*

Paulo Branco, *Campinas - SP*

Luiz Gustavo Paffaro, *Vinhedo - SP*

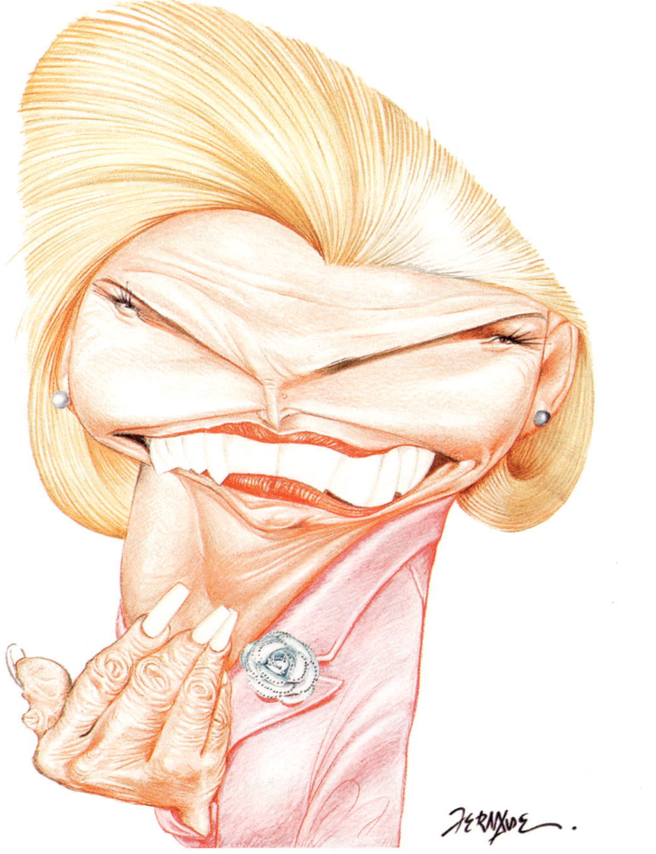

Luiz Carlos Fernandes, *São Caetano do Sul - SP*

Luiz Filipe Moretzsohn de Castro, *Campinas - SP*

Rafael Vicente Thomáz, *Valinhos - SP*

Renato Koledic, *Paraty - RJ*

Rodolfo Gomes da Silva, *Campinas - SP*

Rafael de Paula Cardoso, *Piracicaba - SP*

Rafael Cavalheiro Sica, *São Paulo - SP*

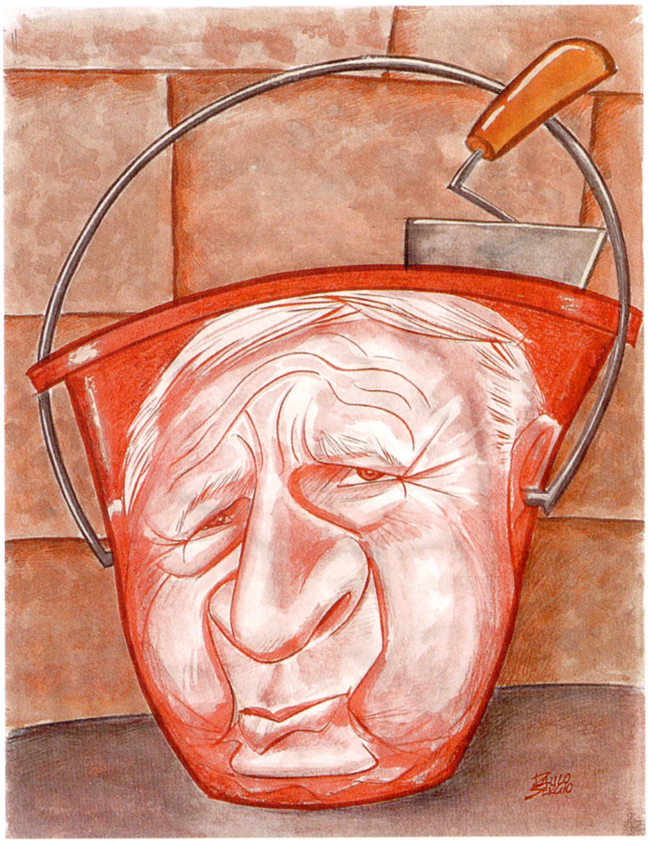

Paulo Sérgio Baeta Von Indelt, *Joinville - SC*

Sérgio Gonçalves Brito, *São Paulo - SP*

Sérgio Lima Dias, *Rio de Janeiro - RJ*

Thiago Daniel Arruda Cruz, *São Paulo - SP*

Sebastian Xavier de Lima, *Avaré - SP*

Sebastian Xavier de Lima, *Avaré - SP*

Sérgio Gonçalves Brito, *São Paulo - SP*

SALÃO INTERNACIONAL DE HUMOR DE PIRACICABA

QUADRINHOS

O direito de sorrir

O lançamento do catálogo do Salão Internacional de Humor de Piracicaba é muito importante, em especial se considerarmos a vencedora trajetória deste evento, que chega à sua 31ª edição.

O Salão de Humor, ao ser lançado, foi também um ato de coragem, num tempo em que a liberdade de expressão e pensamento era reprimida no Brasil. Época sombria, em que não podíamos rir das mazelas políticas, tornar as desventuras socioeconômicas mais amenas na graça inteligente das charges e cartuns e receber com plenitude as bênçãos, com as quais o humor apazigua a alma e nos torna mais serenos.

Parceira do humor impresso, em suas distintas formas e manifestações, a indústria da comunicação gráfica também celebra a liberdade de expressão. Neste catálogo, a tinta sobre o papel dá vida, significado e agrega valor à criação desses humoristas maravilhosos, que fazem nossa vida melhor.

E como é bom ter o direito de sorrir! Direito, aliás, conquistado por todos aqueles (dentre os quais esta instituição chamada Salão de Humor de Piracicaba) que souberam, mesmo na obscuridade política da Nação, encontrar força, coragem e disposição para comunicar com liberdade.

Fabio Arruda Mortara,
M.A., MSc., é presidente-executivo da Associação Brasileira de Tecnologia Gráfica (ABTG) e Presidente da Paper Express

A SAGA DE VITÓRIA A MOSCA
OI, EU SOU VITÓRIA, UMA LARVA QUE UM DIA SERÁ UMA LINDA MOSCA!
VIVO SONHANDO COM ESSE MOMENTO!
NÃO ESQUENTA!
AS COISAS ACONTECEM RÁPIDO PRAS MOSCAS!
SÉRIO?!
AS MOSCAS SÓ TÊM 24 HORAS DE VIDA!
24 HORAS?! COMO POSSO APROVEITAR UMA VIDA EM APENAS 24 HORAS?
PERGUNTE À MOSCA SÁBIA! ELA JÁ APROVEITOU BASTANTE A VIDA!
E QUAL É A IDADE DELA?
BEM, PELO MENOS ATÉ ONTEM ELA ERA UMA LINDA LARVINHA!
A SENHORA É QUE É A VELHA SÁBIA?
SOU
BEM... É... COMO UMA MOSCA PODE APROVEITAR DA MELHOR FORMA POSSÍVEL SUAS 24 HORAS DE VIDA?
SENHORA?...
SENHORA?...
SENHORA?!...
ELA MORREU!!! MORREU BEM NA MINHA FRENTE!!
CALMA! ESSA É UMA DAS COISAS COM QUE UMA MOSCA PRECISA APRENDER A CONVIVER!
E QUEM É VOCÊ?
BEM, PELA ORDEM DE IDADE...
...EU SOU A NOVA MOSCA SÁBIA!

1º LUGAR
Luciano Félix Ferreira
Jaboatão dos Guararapes - PE

DIGA, ANTES QUE VOCÊ MORRA! DIGA COMO POSSO GOZAR A VIDA INTENSAMENTE!
ÊH! SAI PRÁ LÁ COM ESSE PAPO DE MORTE!
EU AINDA PRETENDO VIVER MUITOS MINUTOS!
5-12
PARA NÓS MOSCAS A VIDA É MUITO CURTA, ENTÃO TEMOS QUE APROVEITÁ-LA AO MÁXIMO!
É ESSA A QUESTÃO! COMO É QUE UMA MOSCA SE DIVERTE?
ORA, E O QUE ACHA QUE ESTAMOS FAZENDO?
6-12
ENTÃO É ASSIM QUE UMA MOSCA SE DIVERTE? VOANDO EM VOLTA DE COCÔ? POIS NÃO É ISSO QUE EU QUERO PRA MIM!
QUERO FAZER COISAS PRODUTIVAS, QUERO ME DESTACAR ENTRE AS MOSCAS, QUERO APRENDER COISAS, FAZER AS ARTES...
E POR QUE NÃO COMEÇA LOGO?
LOGO, LOGO! SÓ VOU DAR MAIS UMAS VOLTINHAS!
7-12
ADEUS, MOSCA SÁBIA! VOU DAR UM SIGNIFICADO DIFERENTE À MINHA VIDA!
VOU CULTIVAR UMA VIDA INTENSA E PRODUTIVA QUE DESCREVEREI EM UM LIVRO PARA QUE AS PRÓXIMAS GERAÇÕES SE INSPIREM! SERÁ A HISTÓRIA DE UMA VIDA TÃO BEM VIVIDA...
QUE SERÁ PRECISO UM DIA INTEIRO PARA LÊ-LO!
8-12

Luciano Félix Ferreira (cont.)

AQUI ESTOU EU DE VOLTA AO MEU LUGAR DE ORIGEM DEPOIS DE FAZER TUDO QUE EU QUIS FAZER EM MINHA CURTA VIDA!
EI, VOCÊ É MESMO A VITÓRIA? PUXA, PENSEI QUE FOSSE UMA LENDA!
9-12
CONTE-NOS SOBRE SUA VIDA!
ESTÁ BEM, MAS NÃO SEI SE VIVEREI O BASTANTE PRÁ CONTAR ATÉ O FIM!
TUDO COMEÇOU...
... ONTEM!
... E ESSA É A HISTÓRIA DA MINHA VIDA!
É ISSO?
NÃO TEM ESGOTOS?
NEM CARNIÇAS?
10-12
UM TERÇO DA MINHA VIDA PRÁ OUVIR ISSO?
FALA SÉRIO!
PODEM IR! ME DEIXEM AQUI PRÁ MORRER EM PAZ...
...OU SER CAPTURADA PARA PESQUISAS CIENTÍFICAS!
A SENHORA PARECE SER A ÚNICA MOSCA TRANQÜILA POR AQUI!
ESQUISÓFORO
11-12
JÁ FIZ TUDO QUE QUERIA NA VIDA! AGORA TUDO QUE QUERO É MORRER EM PAZ!
POIS TENHO NOVIDADES PRÁ SENHORA!
FOMOS ALTERADAS GENETICAMENTE! AGORA TEMOS UM TEMPO DE VIDA INDETERMINADO!
NÃO!!!
CENTRO DE PESQUISAS
DEIXARAM A CAIXA ABERTA E TODAS AS MOSCAS ESTÃO FUGINDO! A SENHORA NÃO VEM?
PARA QUÊ? NÃO HÁ MAIS NADA QUE EU TENHA PARA FAZER LÁ FORA!
12-12
QUÉISSO?! SERÁ QUE NÃO TEM NADA QUE FALTOU SER FEITO NA SUA VIDA?
HMMM! NA VERDADE HÁ!
DAR VOLTAS EM COCÔS!
FREQÜENTAR ESGOTOS E LIXÕES!
VISITAR CARNIÇAS...
FIM

Manual do BAGACEIRO mirim
Manual do BAGACEIRO mirim
1 O PRIMEIRO PASSO!!
VOCÊ TEM O MANUAL DO BAGACEIRO MIRIM?
SEI LÁ! PROCURA AÍ!
COM SORTE VOCÊ ENCONTRA O MANUAL NUMA BANCA BEM VAGABUNDA
VOCÊ PODE COMPRAR FIADO OU OFERECER EM TROCA SUA TIA ENCALHADA! UM BAGACEIRO NUNCA PAGA NADA NO ATO!
QUE TAL UM ENCONTRO COM ESTA GATA?
FECHADO!!
AGORA VÁ PRA CASA, LEIA ESTA PORCARIA E PREPARE-SE PARA UMA NOVA VIDA!!
QUE PRINCESA!
Manual do BAGACEIRO mirim
2 COMO SE VESTE UM BAGACEIRO
CHAPEU CATA-OVO
CALÇA RASGADA E FEDIDA
CAMISA VELHA E ENCARDIDA
ASA
CHULÉ
CHINELO
MODA É COISA DE VIADO!! USE QUALQUER PORCARIA SURRADA.
ESSE SEU NOVO ESTILO PODERÁ CHOCAR ALGUMAS CAMADAS DA SOCIEDADE!
DEUS DO CÉU!
ELE ERA TÃO LIMPINHO!
SEJA NATURAL, POIS VOCÊ NÃO TEM INTENÇÃO DE CHOCAR A SOCIEDADE
UM BAGACEIRO SE QUER SABE O QUE É SOCIEDADE!
MANUAL DO BAGACEIRO MIRIM
3 COMPORTAMENTO EM PÚBLICO
AAAAHHHH!!
FAÇA DA RUA SUA CASA!
LEMBRE-SE QUE ARROTAR É UM EXERCÍCIO SAUDÁVEL PARA LIVRAR-SE DE IMPUREZAS!
ROUT!!
ALÉM, É CLARO, DE SER UMA MARCA REGISTRADA DO BAGACEIRO!
ANDE SEMPRE COM A MÃO DENTRO DA CALÇA! ISSO VAI ATRAIR OLHARES DA MULHERADA!
© BAGACEIRO

MANUAL DO BAGACEIRO MIRIM
4 AZARANDO A MULHERADA
GOSTOSUDA DO PAPAI!!!
LEP!!
UM BAGACEIRO NUNCA POUPA ADJETIVOS EM SUA CANTADA
VOCÊ PODE ATÉ TENTAR O SUCESSO COM UMA MOÇA DE FAMÍLIA...
CASA COMIGO QUE EU LAVO AS CUECAS TODO DIA!
CAI FORA, IMBECIL!
MAS UM BAGACEIRO AUTÊNTICO SEMPRE CAI NOS BRAÇOS DE UMA PROFISSIONAL!
FOI 50 PAUS!
TENHO SÓ VINTÃO!
5 OS NICHOS DE UM BAGAÇO
HA HA
CUSP!
O BOTECO É O POINT PREFERIDO DE DEZ ENTRE DEZ BAGACEIROS!
SÓ O ESTÔMAGO DE UM BAGACEIRO É CAPAZ DE SOBREVIVER ÀS DELÍCIAS DE UM BOTECO
MUSSARELA DE BÚFALA (DE FINO SÓ O NOME)
OVO DE CODORNA
OUTRO POINT CONFIRMADO É O SUJO E VELHO MURO
NOJENTOS
AÍ PRINCESA DO PAPAI!
ARGH!!
CHEIROSINHA!
Manual do BAGACEIRO Mirim
6 MAMÃE, NÃO É BEM ISSO!!
TIRA ESSES TRAPOS OU LEVA PAU!
SEU "BAGACEIRO WAY OF LIFE" DEVE SER INTRODUZIDO AOS POUCOS NO AMBIENTE FAMILIAR...
SUA QUERIDA MÃE VAI, COM O TEMPO, ACABAR SE ACOSTUMANDO
TÁ GOSTOSA HOJE, HEIM CORÔA?!
SEU BOBINHO!!
SEU PAPAI É QUE PODE DEMORAR
NEM PENSE EM ENCOSTAR ESSA MÃO SUJA NA MINHA LATA DE CERVEJA!
TUC!
MANUAL DO BAGACEIRO MIRIN
7 CHINELÃO FOREVER!!
SACO
O MANUAL DO BAGACEIRO MIRIM DEU A VOCÊ UM NOVO "INESTILO" DE VIDA QUE VAI MARCÁ-LO PARA SEMPRE
NUNCA ESQUEÇA DE CANTAR AS AMIGAS DA SUA FILHA
SENTA AQUI NO COLO DO TITIO
MAS EU JÁ TENHO 19 ANOS!
QUE BOBAGEM!
DESEDUQUE BEM SEU FILHO
QUE NEGÓCIO É ESSE DE CUECA NO CESTO?!
LUGAR DE CUECA É ESPALHADA PELA CASA!
E, FINALMENTE, QUANDO A SUA MULHER PEGAR VOCÊ NO BANHEIRO COM UMA REVISTA DE MULHER PELADA...
GLUP!
DIGA APENAS QUE VOCÊ ADORA LER AS REPORTAGENS!
RAFAEL SICA

2º LUGAR
Rafael Cavalheiro Sica
São Paulo - SP

ELA É INEVITÁVEL
CADA UM LIDA COM ELA A SUA MANEIRA, MAS NO FIM É IGUAL
A NOVA ONDA DO VERÃO CHEGA PRA TODOS NÓS
IMPOSSÍVEL NEGAR! IMPOSSÍVEL FUGIR!
PIT BULL

MEU PAI ANDA ME ENCHENDO O SACO
POR QUE?
NEGÓCIO DE EMPREGO
AH
ELE É DO TEMPO DO EMPREGO

MENÇÃO HONROSA

Rogério Marcus Tomaz Gomes

Belo Horizonte - MG

Acacio Geraldo de Lima, *São Paulo - SP*

Amauri Ribeiro dos Santos, *Piracicaba - SP*

Jessé Ribeiro, *Ourinhos - SP*

PONCIANO
CONTO DE FATOS
BRANCA DE NEVE E OS SETE ANÕES
1...2...3...
RAPUNZEL
!
?
FIZ CHAPINHA!
CINDERELA

Daniel Ponciano da Silva, *Seropédica - RJ*

GLOBALIZAÇÃO...
...O MUNDO COM UM TOQUE DE BRASIL!
CARNAVAL NO IRAQUE
VAMOS ARREBENTAR A SAPUCAÍ!
LOTAÇÃO NA CHINA
PRAIA PARADISÍACA NOS STATES
?
FUTEBOL NA ARGENTINA
MIERDA!!! DE NUEVO, NO!!
CAIPIRINHA EM PORTUGAL
AGORA SOQUE BEM DOIS LIMÕES
RAIOS! MINHA MÃO JÁ ESTÁ A DOER!
POW POW POW

Danilo Campos Vieira, *Pirituba - SP*

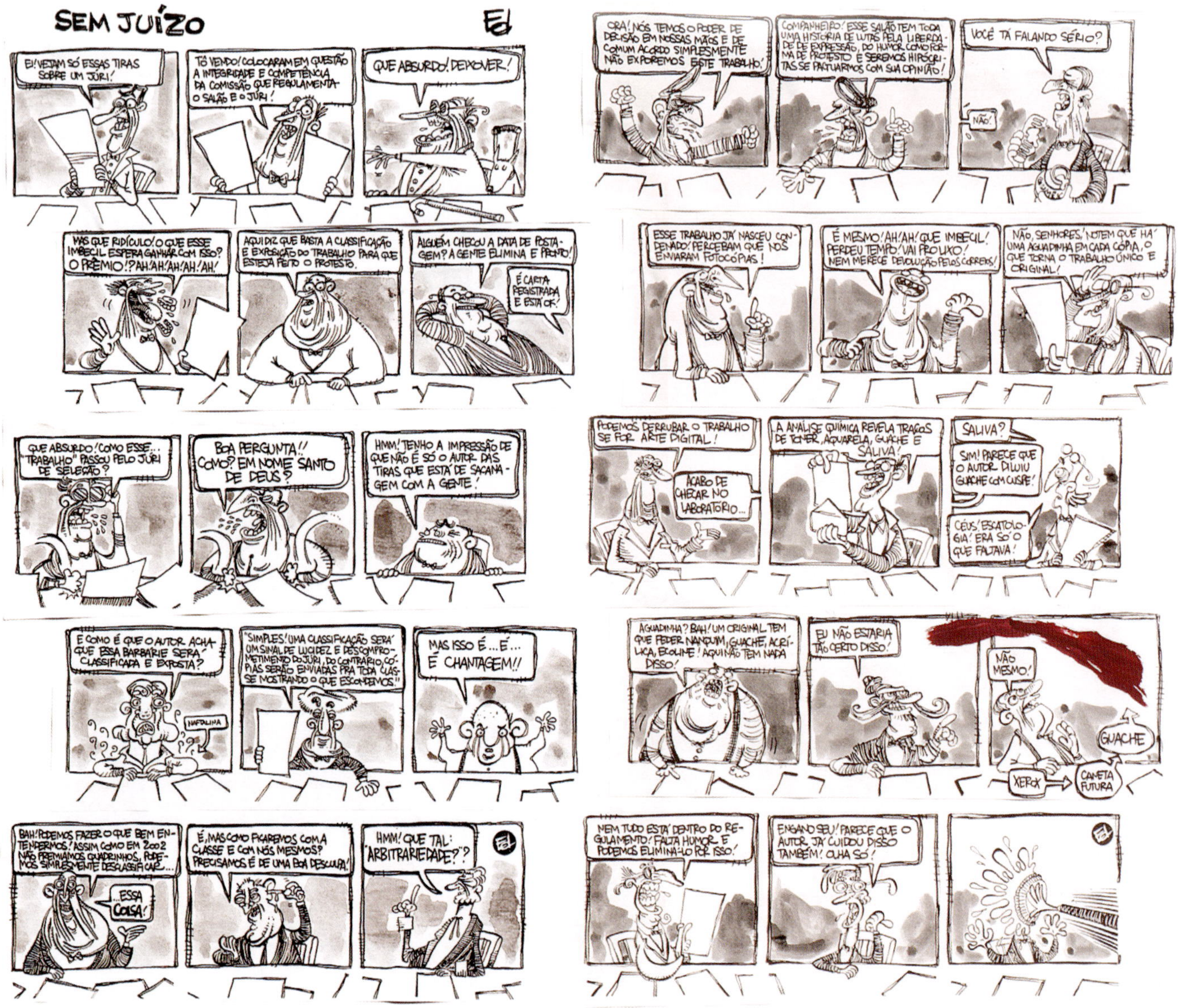
SEM JUÍZO
Ed
EI! VEJAM SÓ ESSAS TIRAS SOBRE UM JÚRI!
TÔ VENDO! COLOCARAM EM QUESTÃO A INTEGRIDADE E COMPETÊNCIA DA COMISSÃO QUE REGULAMENTA O SALÃO E O JÚRI!
QUE ABSURDO!
MAS QUE RIDÍCULO! O QUE ESSE IMBECIL ESPERA GANHAR COM ISSO? O PRÊMIO!? AH! AH! AH! AH! AH!
AQUI DIZ QUE BASTA A CLASSIFICAÇÃO E EXPOSIÇÃO DO TRABALHO PARA QUE ESTEJA FEITO O PROTESTO.
ALGUÉM CHECOU A DATA DE POSTAGEM? A GENTE ELIMINA E PRONTO!
É CARTA REGISTRADA E ESTÁ OK!
QUE ABSURDO! COMO ESSE... "TRABALHO" PASSOU PELO JÚRI DE SELEÇÃO?
BOA PERGUNTA!! COMO? EM NOME SANTO DE DEUS?
HMM! TENHO A IMPRESSÃO DE QUE NÃO É SÓ O AUTOR DAS TIRAS QUE ESTÁ DE SACANAGEM COM A GENTE!
E COMO É QUE O AUTOR ACHA QUE ESSA BARBÁRIE SERÁ CLASSIFICADA E EXPOSTA?
NAFTALINA
"SIMPLES! UMA CLASSIFICAÇÃO SERÁ UM SINAL DE LUCIDEZ E DESCOMPROMETIMENTO DO JÚRI, DO CONTRÁRIO, CÓPIAS SERÃO ENVIADAS PRA TODA CLASSE MOSTRANDO O QUE ESCONDEMOS."
MAS ISSO É... É... É CHANTAGEM!!
BAH! PODEMOS FAZER O QUE BEM ENTENDERMOS! ASSIM COMO EM 2002 NÃO PREMIAMOS QUADRINHOS, PODEMOS SIMPLESMENTE DESCLASSIFICAR...
...ESSA COISA!
É, MAS COMO FICAREMOS COM A CLASSE E COM NÓS MESMOS? PRECISAMOS É DE UMA BOA DESCULPA!
HMM! QUE TAL: "ARBITRARIEDADE?"?
ORA! NÓS TEMOS O PODER DE DECISÃO EM NOSSAS MÃOS E DE COMUM ACORDO SIMPLESMENTE NÃO EXPOREMOS ESTE TRABALHO!
COMPANHEIRO! ESSE SALÃO TEM TODA UMA HISTÓRIA DE LUTAS PELA LIBERDADE DE EXPRESSÃO, DO HUMOR COMO FORMA DE PROTESTO E SEREMOS HIPÓCRITAS SE PACTUARMOS COM SUA OPINIÃO!
VOCÊ TÁ FALANDO SÉRIO?
NÃO!
ESSE TRABALHO JÁ NASCEU CONDENADO! PERCEBAM QUE NOS ENVIARAM FOTOCÓPIAS!
É MESMO! AH! AH! QUE IMBECIL! PERDEU TEMPO! VAI PRO LIXO! NEM MERECE DEVOLUÇÃO PELOS CORREIOS!
NÃO, SENHORES! NOTEM QUE HÁ UMA AGUADINHA EM CADA CÓPIA, O QUE TORNA O TRABALHO ÚNICO E ORIGINAL!
PODEMOS DERRUBAR O TRABALHO SE FOR ARTE DIGITAL!
ACABO DE CHECAR NO LABORATÓRIO...
A ANÁLISE QUÍMICA REVELA TRAÇOS DE TONER, AQUARELA, GUACHE E SALIVA!
SALIVA?
SIM! PARECE QUE O AUTOR DILUIU GUACHE COM CUSPE!
CÉUS! ESCATOLOGIA! ERA SÓ O QUE FALTAVA!
AGUADINHA? BAH! UM ORIGINAL TEM QUE FEDER NANQUIM, GUACHE, ACRÍLICA, ECOLINE! AQUI NÃO TEM NADA DISSO!
EU NÃO ESTARIA TÃO CERTO DISSO!
NÃO MESMO!
GUACHE
XEROX
CANETA FUTURA
NEM TUDO ESTÁ DENTRO DO REGULAMENTO! FALTA HUMOR E PODEMOS ELIMINÁ-LO POR ISSO!
ENGANO SEU! PARECE QUE O AUTOR JÁ CUIDOU DISSO TAMBÉM! OLHA SÓ!

Ed da Silva Rodrigues, *Belo Horizonte - MG*

DROGA! ESTÁ TUDO NOS CONFORMES! ATÉ PASTELÃO PODE SER ACEITO COMO MANIFESTAÇÃO DE HUMOR!
...E QUADRINHOCASSETADAS TAMBÉM...
UMA HORA O ESTOQUE DE PIADAS VISUAIS SE ACABA E A TIRA VOLTA A FICAR SEM HUMOR...
HMM! PARECE QUE ESSA HAVIA SIDO A ÚLTIMA!
AH! AH! AH! AH! AH!
NÃÃÃÃÃÃÃOOOO!
AGORA SÃO AQUELAS RISADAS ENLATADAS DOS SITCONS!
AH! AH! AH! AH! AH!
ALÉM DE PASTELÃO E QUADRINHOCASSETADAS, O QUE MAIS FALTA ESSE IMBECIL FAZER?
PIADA INFAME!
ARTE DIGITAL
PERCEBE-SE TRANQUILAMENTE QUE NÃO EXISTE HUMOR NESTE TRABALHO!
AHAM! ISSO É UMA QUESTÃO DE PONTO DE VISTA...
É! CONCORDO! APOSTO QUE TEM MUITA GENTE RINDO COM ESSA HISTÓRIA!
MUITO BEM ENTÃO... DE QUE SE TRATA O TAL DO "PROTESTO"? HMPF!!
"EM PRIMEIRO LUGAR..."
"...A CATEGORIA QUADRINHOS NÃO FOI PREMIADA EM 2002 POR AVALIAREM 'NÃO TER NÍVEL PROFISSIONAL' MAS EXPUSERAM OS TRABALHOS DEPOIS DESSA DECLARAÇÃO PÚBLICA, OU SEJA, PASSARAM ATESTADO DE INCOMPETÊNCIA E DESRESPEITARAM DEZENAS DE PROFISSIONAIS DE HUMOR.

"...EM 2001, MAIS TRAPALHADAS ENVOLVENDO O JÚRI E A CATEGORIA QUADRINHOS. EM ANOS ANTERIORES, VÁRIAS HQS NÃO HUMORÍSTICAS FORAM PREMIADAS.
"...EM 2003 O SALÃO, EM SINTONIA COM A CLASSE, EVOLUI E REFORMULA SEU REGULAMENTO, ACEITANDO ARTES DIGITAIS E DEFININDO QUE AS HQS TENHAM CONTEÚDO HUMORÍSTICO (COMO SE PRECISASSE, POIS O SALÃO SEMPRE FOI DE HUMOR)..."
"...EM 2004, O REGULAMENTO VOLTA ATRÁS. ALÉM DISSO, CONSTANTEMENTE CONVIDA-SE JURADOS SEM ALGUM HISTÓRICO OU LIGAÇÃO COM O HUMOR..."
QUER PARAR? NÃO ESTOU OUVIIIDÔ! NÃO ESTOU OUVIIIIIDÔÔÔ...
... MAIS OU MENOS COMO ESTE TRABALHO TENTA FAZER COM A GENTE, NÉ?
RIDÍCULO! NÃO PODEMOS SER RESPONSABILIZADOS PELAS CACAS DE OUTROS!
ISSO MESMO! AFINAL DE CONTAS, A CADA ANO TEMOS UM JÚRI DIFERENTE!
QUER PARAR DE SEGURAR O RISO?
TÔ CANSADO DEMAIS! VAMOS IGNORAR A CATEGORIA QUADRINHOS...
... MUITO COMPLEXO PRA MIM!
COMO ASSIM "IGNORAR"?
NÃO PRECISAMOS DE DESCULPA! SIMPLESMENTE DIREMOS QUE NÃO GOSTAMOS DA GRACINHA E PRONTO!
ÊÊÊÊÊBAAAAA!!
DO JEITO QUE VAI, NÃO PREMIAREMOS CHARGES TAMBÉM!
MAS SERÁ POSSÍVEL QUE NÃO HAJA SEQUER UMA CHARGE QUE SE ADEQUE?
EU, POR EXEMPLO, NÃO CONSEGUI IDENTIFICAR EM NENHUM DESENHO AS SEGUINTES ANALOGIAS:
FOI DAQUÊ QUE PEDIRAM UMA PIZZA?
FUI EU! TAVA MORRENDO DE FOME!
EI! ME EMPRESTA ESSA PIZZA UM POUCO...
HMMM! INTERESSANTE...
NOSSA! GENIAL!
1º LUGAR CHARGE

MADAME ZORAIA
VEJO VOCÊ PERDENDO 60 QUILOS
ÔBA! VOU EMAGRECER 60 QUILOS!
NÃO, VAI PERDER A NAMORADA!!
E ENTÃO, VOU PASSAR NO VESTIBULAR?
ESTOU VENDO ALGUÉM DIZENDO QUE VOCÊ PASSOU!
COITADO, PASSOU DESSA PRA MELHOR
ESTOU VENDO VOCÊ COM MUITO DINHEIRO NA MAO
VOU GANHAR NA LOTO?
NAO, É O MEU PAGAMENTO. AUMENTEI A CONSULTA EM 100%!!
COMO SERÁ MINHA VIDA ESTA SEMANA?
VEJO VOCÊ COMENDO MUITA CARNE BRANCA.
SEI, PEIXE. FRANGO!..
NÃO, MUITO OVO!!

José Antonio Costa, *Teresina - PI*

MADAME ZORAIA
ESTOU VENDO AQUI SEU PAI NO HOSPITAL COM A CABEÇA TODA MACHUCADA, O BRAÇO TORCIDO, NARIZ QUEBRADO!..
ELE APARECEU AÍ SENDO ATROPELADO, MÃE?
NÃO, ESTOU VENDO É ELE BEBENDO COM VÁRIAS MULHERES!!
BO-BO-BO-BO...
BOM DIA SEU MANDEL!..
ELE É TÃO GAGO, MAS TÃO GAGO QUE CONTRATOU A ZORAIA PARA VER O FUTURO E DESCOBRIR O QUE QUER DIZER!
VEJO AQUI QUE VOCÊ VAI CRESCER MUITO NA EMPRESA.
VOU SER PROMOVIDA?
NÃO, VAI FICAR GRÁVIDA DO SEU CHEFE!!
JÁ SABE ONDE ESTÁ WALLY?

MADAME ZORAIA
BEBO PARA ESQUECER.
BA!
A SENHORA JÁ DESCOBRIU O MEU NOME, ONDE MORO?..
LOGO, LOGO VOCÊ VAI SE ENCONTRAR COM O SEU PAI!
MENTIRA!
MEU PAI JÁ MORREU!
NIN-GUÉM ME CHAMA DE MENTIROSA!!
SUA EMPRESA VAI FALIR, SUA MULHER VAI FUGIR COM O VIZINHO, SEU CARRO VAI SER ROUBADO!..
SEU CACHORRO VAI LHE MORDER, SUA CASA VAI PEGAR FOGO, VOCÊ VAI QUEBRAR O PÉ!..
TENHA UM BOM DIA!!
VEJO AQUI QUE VOCÊ É UMA PESSOA QUE MENTE MUITO.
QUAL A SUA PROFISSÃO?
QUIROMANTE!!

MADAME ZORAIA
ESTOU VENDO MUITOS SORRISOS EM SUA VIDA!
ÔBA!
SUA NAMORADA VAI SORRIR TODA VEZ QUE VOCÊ TIRAR A CUECA PERTO DELA!!
A BOLA DE CRISTAL ESTÁ AVISANDO: CUIDADO COM O CRISTÃO!
RÁ, HOJE NÃO VOU PASSAR PERTO DE IGREJA!
VEJO QUE SUA EMPRESA NÃO VAI BEM!!
É O QUE DIZ A BOLA DE CRISTAL?
NÃO, ESSE CHEQUE QUE VOCÊ PAGOU A ÚLTIMA CONSULTA E QUE VOLTOU DO BANCO POIS NÃO TINHA FUNDOS!!
QUERIA SABER O QUE MEU CHEFE ACHA DE MIM.
NÃO TÔ VENDO NADA NA BOLA DE CRISTAL!
É QUE PARA O SEU CHEFE VOCÊ NÃO É NINGUÉM!

PANGÉIA
MUITOS CIENTISTAS ACREDITAM QUE AS AVES DESCENDEM DOS DINOSSAUROS!
O COMPSOGNATO POR EXEMPLO...
SE COBRIRMOS SEU CORPO DE PENAS, ELE SERÁ FACILMENTE CONFUNDIDO COM UMA AVE!
OU COM UM PROVÁVEL ANCESTRAL DE CLÓVIS BORNAY!
MUITO ENGRAÇADO!
O TIRANOSSAURO REX FOI O MAIOR PREDADOR DE SUA ÉPOCA!
ELE SE ALIMENTAVA DE QUASE UMA TONELADA DE CARNE POR DIA!
T.REX FOI, PROVAVELMENTE, UM DOS PRIMEIROS SERES VIVOS A TER PROBLEMAS COM AS ALTAS TAXAS DE COLESTEROL NO SANGUE!
AARGH!
ACHO QUE NÃO DEVIA TER COMIDO AQUELE TORRESMINHO ONTEM À NOITE!
ESSE É O OVIRAPTOR!
ESTE DINOSSAURO ERA UM EXÍMIO LADRÃO DE OVOS!!!
OUTRO DIA O OVIRAPTOR TEVE UMA BAITA DOR DE-BARRIGA!
DROGA! ROUBARAM OS OVOS DA MINHA ESCULTURA DE GRANITO, DE NOVO!
UAU! UM ENORME E SUCULENTO OVO!!
NHAM!
DE QUE DINOSSAURO SERÁ ESSE OVO?
VAMO VÊ!
TIRANOSSAURO!

Evandro Alves, *Lagoa Santa - MG*

OS TIRANOSSAUROS TINHAM MUITOS PROBLEMAS COM A CHEGADA DA VELHICE!
SOFRIAM DE FRAQUEZA, ENXERGAVAM MAL, SEUS DENTES CAIAM...
E O QUE É PIOR, MAL CONSEGUIAM SEGURAR A BENGALA COM AQUELES DOIS BRACINHOS FINOS!
SACO! NÃO DÁ NEM PRA BATER NA CABEÇA DOS NETOS!
O CRÂNIO DO PAQUICEFALOSSAURO TINHA UMA ESPESSURA DE APROXIMADAMENTE 22 CENTÍMETROS!
NÃO TENHO AMIGOS!
NÃO TENHO MULHER!
NÃO TENHO FILHOS!
NÃO TENHO NADA!
ISSO É QUE DÁ SER UM DINOSSAURO CABEÇA-DURA!
O XONISSAURO TINHA UMA FORMA AERODINÂMICA SEMELHANTE A DOS GOLFINHOS!
ISSO FAZIA DELE UM GRANDE PREDADOR DOS MARES.
CHATO ERA ATURAR AS GOZAÇÕES
VOU TER QUE FAZER UMA PLÁSTICA!!
FALA AÍ FLIPPER!
HA, HA!
SACO!
O EUPLOCEFALO ERA UMA ARMADURA VIVA!
MAS AO CONTRÁRIO DO QUE MUITOS PENSAM, ELE TINHA UMAS PARTES MOLES TAMBÉM...
PÔ QUERIDO, DE NOVO!? ASSIM NÃO DÁ!!
FOI MAL!!
LEONARDO ERA UM TIRANOSSAURO QUE NÃO GOSTAVA DO TAMANHO DOS SEUS BRACINHOS!!
UM DIA ELE RESOLVEU MALHAR PARA DAR UM JEITO NA SUA SITUAÇÃO!
E NÃO É QUE DEU CERTO LEONARDO FICOU COM OS BRAÇOS FORTES, MESMO!!
SÓ QUE ELE ESQUECEU DE EXERCITAR SEUS MEMBROS POSTERIORES.
BUÁÁÁÁÁ!!

OS MEMBROS DIANTEIROS DO TIRANOSSAURO ERAM INSIGNIFICANTES!!
POR ISSO ELE NUNCA CONSEGUIU TERMINAR O CURSINHO DE DATILOGRAFIA!
SACO, SEIS MESES DE CURSINHO E AINDA NÃO SAÍ DA LIÇÃO UM!!
TEC! TEC! TEC! TEC!
POSSÍVEIS CAUSAS DA EXTINÇÃO DOS DINOSSAUROS
A EXTINÇÃO DOS DINOSSAUROS PODE TER SIDO CAUSADA POR UMA ENORME PLANTAÇÃO DE REPOLHO...
OS ANIMAIS SE FARTARAM DE TONELADAS DE REPOLHO, AÍ QUANDO BATEU A DOR DE BARRIGA... ...BYE BYE ATMOSFERA!
OS INSETOS FORAM UNS DOS PRIMEIROS ANIMAIS A ABANDONAR A ÁGUA.
LOGO DEPOIS VIERAM OS ANFÍBIOS.
SÓ NÃO SE SABE POR QUE OS PEIXES DECIDIRAM CONTINUAR NO MEIO AQUÁTICO?
TÁ LOUCO!? SAIR E PERDER TODO ESSE VISUAL!!!
OUTRO DIA O TRICERÁTOPS FOI PAPAI!!
SÓ QUE NENHUM DOS FILHOTES TINHA A CARA DO PAI!
ISSO É QUE DÁ SER UM DINOSSAURO CHIFRUDO!
O CINOGNATO TINHA O CORPO COBERTO DE PÊLOS!
OS PÊLOS AJUDAVAM ESSE RÉPTIL PRIMITIVO A NÃO MORRER DE FRIO.
MAS NÃO EVITAVAM OS APELIDOS!
FALA AÍ, TONY RAMOS DA PANGÉIA!
AI, AI!!

NOS ANOS 50 A RÍGIDA SOCIEDADE MINEIRA FOI ABALADA POR UM FURACÃO SEXUAL.
MAS O QUE POUCA GENTE SABE É QUE A SOCIEDADE DOS DINOSSAUROS TAMBÉM TEVE ESSE "PROBLEMA"!
DINA FURACÃO, VOCÊ MERECE ARDER NAS PROFUNDAS DO INFERNO!!
SÓ PORQUE COMI O FREI MALTHUS?
NÃO. PORQUE O MASTIGOU DE BOCA ABERTA!! NUM PODE.
DINA FURACÃO ERA UM FENÔMENO.
ERA FÁCIL SE DEITAR EM SUA CAMA!
DIFÍCIL MESMO ERA SAIR DELA!
PRA QUÊ KATCHUP E MOSTARDA!!
NHAM!
PUXA, DINA FURACÃO! QUANDO ME DISSERAM QUE JANTAR COM VOCÊ ERA UMA OPORTUNIDADE ÚNICA...
...NÃO FOI BEM ISSO QUE EU IMAGINEI!!
ALGUNS CIENTISTAS ACREDITAM QUE O ALOSSAURO FICAVA IMÓVEL À ESPERA DE SUAS PRESAS!
JÁ ALGUNS ALOSSAUROS ACHAM QUE SE CONTINUAREM COM ESSE MÉTODO DE CAÇA VÃO MORRER DE FOME OU DE TÉDIO!
...E ENTÃO UMA ENORME PEDRA DE FOGO VAI CAIR DO CÉU E ACABAR COM TUDO!!
SOCORRO!!!
O MUNDO VAI ACABAR!!
EH, EH! SÓ MESMO OS MEUS SOBRINHOS PRA ACREDITAR NESTA ESTÓRIA!!!
FIM

BETH 45
UMA MULHER BEM CALÇADA!
BETH? DIZEM QUE OS HOMENS DE PÉ GRANDE TÊM "AQUILO" GRANDE!
DIZEM!
E AS MULHERES QUE TÊM UM PEZÃO, COMO O SEU, TEM O QUE GRANDE?
A CAMA, MINHA QUERIDA!
LILI É A AMIGA HETEROSSEXUAL DE BETH 45
OLHA SÓ QUE HOMEM LÁ NO BAR!
AHÃÃÃ...
OLHA QUE PERDIÇÃO AQUELE CARA ALI!
AHÃÃ...
QUE SACO! MAIS UMA NOITE VOLTANDO PRA CASA SOZINHA!
QUANDO VOU ENCONTRAR ALGUÉM QUE SE INTERESSE POR MIM?!
E AÍ, BETH? TÁ FAZENDO O QUE AGORA?
TÔ AQUI DANDO UMA COÇADA!!
O QUÊ?!!
CALMA... TÔ DANDO UMA COÇADA NA ERUNDINA, A GATA QUE EU COMPREI!
E AÍ, AMIGA? VIM CONHECER A SUA GATA ERUNDINA
VOCÊ TEM QUE VER! ELA É PERFEITA!
E CADÊ A FELINA?
TÁ ALI NA COZINHA!
TARANDO A GATA DA VIZINHA!!
ROAAARRR...
ENTÃO ESTA É A ERUNDINA?
PXIU, PXIU! VEM AQUI, GATINHA!
OLHA SÓ QUE AMOR! ELA SE DEITOU PRA GANHAR CARINHO!!
OS GATOS ADORAM FICAR RELANDO NAS PERNAS!
ESTA SUA GATA É UMA FOFA!!
SERIA CAPAZ DE FICAR A VIDA TODA COM ELA NO COLO!
GRRRR!
POIS É, MAS AGORA TÁ NA HORA DA PAPINHA DA FOFA!
BOM ALMOÇO, ERUNDINA!
PEGA COMIDA PRA TRÊS!!!
RAFAEL SICA

Rafael Cavalheiro Sica, *São Paulo - SP*

PIVA e MOSQUITO
por LUSCAR
OLHA O DROPS!
TEM SABOR BANANA?
NÃO. FOI TUDO EXPORTADO.
RÊ, RÊ, RÊ.
TEM UM LUGAR NA CIDADE ONDE, ALÉM DE ESTUDAR, A GENTE VAI PODER BATER BOLA, NADAR...
...VER TEATRO, CINEMA E DESCOLAR UM RANGO. TUDO DE GRAÇA.
É O CÉU!
TOMARA QUE A MODA PEGUE. AFINAL, DE BOAS INTENÇÕES, O INFERNO AQUI FORA TÁ CHEIO.
NÃO AGUENTO MAIS ESSE PAPO DE MENOR ABANDONADO.
CATZO... QUANDO VÃO PERCEBER...
...QUE A GENTE É FILHO DE MAIOR ABANDONADO?
DEU NA GLOBO: SE O PROJETO CRIANÇA ESPERANÇA DER CERTO, NÃO VAI MAIS TER CRIANÇA NA RUA.
TOMARA QUE TAMBÉM SE LEMBREM DAS PRAÇAS, LARGOS, PONTES, VIADUTOS E AVENIDAS.
FALOU.

Luiz Carlos dos Santos, *São Paulo - SP*

Dito, o Bendito
POR ÉRICO SAN JUAN
POR QUE NÃO CONSIGO CATAR MULHER?
É FÁCIL, TIÃO!
FALTA VOCÊ MOSTRAR SEU SEX-APPEAL!
ME FALTA UM CURSO DE INGLÊS, TAMBÉM!
SABE DO QUÊ EU PRECISO?
DA MULHER IDEAL!
UMA MULHER EXPERIENTE...
...QUE ME OUÇA TODA HORA...
...E QUE SEJA CARINHOSA!
VOCÊ QUER SUA MÃE, MEU FILHO?
NESSA, EU VIM PRIMEIRO!
FALA O QUE EU TE ENSINEI, TIÃO?
"PARA QUE O MUNDO ANDE DIREITO...
"...O EXEMPLO COMEÇA DENTRO DE CASA!"
PERFEITO!
HORAS DEPOIS...
BOM... AGORA ELE TÁ FORA DE CASA, NÉ?
QUANDO TU LIQUIDAS A PENDURA, GAJO?
"TUDO VALE A PENA SE A ALMA NÃO É PEQUENA" FERNANDO PESSOA
"TINHA UMA PEDRA NO MEIO DO CAMINHO" CARLOS DRUMMOND DE ANDRADE
TÔ MUITO GORDO...
CULPA DAS CERVEJAS...
TÁ DECIDIDO... AMANHÃ COMEÇO MEU REGIME!!
ISSO MERECE UMA COMEMORAÇÃO!
BAR do ZÉ
TEM GENTE QUE DEIXA A VIDA ROLAR...
PRA MIM, A COISA NÃO É TÃO FÁCIL...
EU EMPURRO A VIDA COM A BARRIGA...
...E QUE BARRIGA!!
O MUNDO DÁ TANTAS VOLTAS, NÃO É VERDADE?
VEJA ESSE CARA AÍ...
...FAZ TEMPO QUE NÃO O VIA...!
SUA CABEÇA TÁ DANDO VOLTAS, PAI...
...FAZ DOIS MINUTOS QUE EU SAÍ DO BANHEIRO!!
FOI MAL AÍ!!
MEU PAI ACHA QUE O MUNDO É ERRADO...
...VAI VER, O VELHO TÁ CERTO!
PAF
CACILDA! MEU FILHO CONCORDA COMIGO!
ALGUMA COISA TÁ ERRADA?
ÉRICO

Érico San Juan, *Piracicaba - SP*

QUANDO SAIR DESSA VIDA, VOU MUDAR DE PROFISSÃO!!!
VAI SER O QUÊ?
POLÍ-TI-CO!!!
VAGABUNDO POR VAGABUNDO...
RICO.
RÁPA FORA DAQUI, Ô VAGABUNDO!
ALTO LÁ, OTORIDADE! EU TENHO IMUNIDADE SINDICAL!!!
SVA - SINDICATO DOS VAGABUNDOS ANÔNIMOS.
ESSA FALTA DE RESPEITO COM A CLASSE É O QUE ME MATA!
QUE CÊ FAZIA ANTES DE SER VAGABUNDO?
ERA CATADOR DE LIXO!
... MAS A CRISE ME DEU OUTRA IDENTIDADE!
QUAL?
LIXO!

Valfrido Ricardo Martins, *Manhuaçu - MG*

FORA FHC
E O FMI!
VOTE
TIRAS DE WILLIAN HUSSAR 2004
PRESIDENTE, PICHARAM O MURO DA FRENTE!
TÁ CERTO QUE ELE É NOSSO ADVERSÁRIO, MAS ISSO É DEMAIS!
FORA FHC E O FMI!
É COISA DE MOLEQUE!
É UM MODO COVARDE DE CRÍTICAR, SEM FALAR NA ÉTICA!
?
PRESIDENTE, DE QUEM É ESSA TINTA SPRAY?
ESTÃO APAGANDO O FHC DO MURO!!!
FINALMENTE! O FIM DE UMA ERA! FORA FHC!
UÉ? ELES ESTÃO ESCREVENDO OUTRA COISA NO LUGAR...
HUSSAR
DEIXA FHC!

Willian Antonio Hussar, *Piracicaba - SP*

OLHE NO MURO OQUE ESCREVERAM! POR ISSO QUE SOU CONTRA A OPOSIÇÃO!
HUSSAR 2004
ELES SÓ SABEM RECLAMAR!
FORA LULA E O FMI!
QUANTO TEMPO NÓS ATURAMOS A OPOSIÇÃO SEM RECLAMAR?
MAIS OU MENOS CINCO MINUTOS?
JÁ ARRUMEI A PAREDE!
NÃO FICOU DEMAIS?
FORA
O FMI!
PRESIDENTE? PRESIDENTE?
PRESIDENTE, ONDE VOCÊ ESTAVA?
ARRUMANDO OQUE VOCÊ FEZ NO MURO!
POR QUÊ?
JÁ PENSOU SE "ELES" VISSEM?
NÃO EXISTEM "ELES"!
!
ATEU!!!

VOCÊ TIROU O NOME "DELES"!
SHIII!!
MAS VOCÊ DEIXOU O SEU NOME!
SHHI!!
PORQUÊ TODO ESSE SILÊNCIO?
VOCÊ NÃO QUER QUE "ELES" OUÇAM!
IMAGINE! TER MEDO "DELES"!
FORA FMI!
O DÓLAR ACABA DE SUBIR...
FORA FMI!
NOVA ALTA DO DÓLAR...
FORA FMI!
E AGORA O DÓLAR DISPARA!
ALELUIA "SENHORES"!
PRESIDENTE, O SENHOR PRECISA RESOLVER A QUESTÃO DA CPI DOS BINGOS, DA CPI DA SAÚDE, E OS EMPREGOS?
ISSO SEM FALAR NOS SEM-TERRA! ELES ESTÃO IMPACIENTES! QUANTO AO FOME-ZERO, O QUE FAZER?
E QUANTO AOS SEUS COLEGAS REBELDES? E TEMOS QUE DOBRAR O SALÁRIO-MÍNIMO! E O CASO DA CENSURA...
AI! AI! BONS TEMPOS!

O "GRINGO" ESTÁ AÍ! TENHO QUE DAR UM JEITO NO MURO!
CONGRATULATION! IT'S COOL! IT'S NICE!
VERY GOOD!
TEMQUIL!
LULA E O FMI
BAI, SI IÚ!
IÉIS! AGORA EU ENTRO NA ONU!
FORA FHC E O FMI! COM ESSA FRASE EU LEVEI UMA DÉCADA PARA TIRÁ-LO DO PODER!
E AGORA A USAM CONTRA MIM!
QUEM SABE EU NÃO FICO O MESMO TEMPO NO GOVERNO TAMBÉM?
FORA LULA E O FMI!
TÁ CERTO QUE EU FUI MEIO AUTORITÁRIO, MAS NINGUÉM PODE NEGAR QUE PROMOVEMOS A MODERNIZAÇÃO DO PAÍS!

Profissão
CARTUNISTA
CUSTÓDIO
FUI NA PADARIA
ILUSTRAÇÃO ÀS 10:00, CHARGE ÀS 13:00, UM LAYOUT ÀS 16:00, 12 ILUSTRAS ÀS 20:00HS
CAUÊ! SAI DAÍ QUE SEU TIO ESTÁ TRABALHANDO!
ELE NÃO TÁ TRABALHANDO! TÁ DESENHANDO!
O QUE VOCÊ FAZ?
ILUSTRAÇÕES, CHARGES, QUADRINHOS, TIRAS, CARTUNS, DESENHO ANIMADO, PERSONAGENS...
PUXA! QUE LEGAL!
E VIVE DO QUÊ?

José Custódio Rosa Filho, *São Paulo - SP*

QUAL A SUA PROFISSÃO?
CARTUNISTA
CREDIÁRIO
CARTONISTA? FAZ CARTÕES DE QUÊ? DE VISITA? DE ANIVERSÁRIO?
ESQUECE. COLOCA AÍ "DESENHISTA".
ARQUITETÔNICO, INDUSTRIAL OU VAGABUNDO?
O QUE É ISSO, FILHO?
LIVRO INFANTIL
QUE LIIIIIINDO!!
NEM PARECE QUE FOI VOCÊ QUEM FEZ!
O QUÊ SERIA DA GENTE SEM ELOGIOS...
TALENTOS ARTÍSTICOS IMPRESSIONAM AS GAROTAS!
VOU DESENHAR VOCÊ!
QUE TAL?
É MELHOR APRENDER SAXOFONE!
POSSO VER A SUA CHARGE DE HOJE?
CLARO, MÃE.
NÃO ENTENDI, FILHO.
TÁ DE CABEÇA PRA BAIXO...
CUSTÓDIO
CONTINUO SEM ENTENDER
EU DEVIA FAZER ARTES PLÁSTICAS.
2

TEM UMA PRAIA QUE SE CHAMA PRAIA CUSTÓDIO!
FICA ATRÁS DO MONTE CUSTÓDIO, NA COSTA CUSTODIO, LADO DO PACIFICO, MÉXICO.
EUA
MEXICO
EU QUERIA CONHECER A PRAIA CUSTODIO, NA COSTA CUSTODIO
O PROBLEMA É O SALÁRIO-CUSTÓDIO
CUSTÓDIO É UM NOME ESTRANHO. NÃO DÁ APELIDO!
MAS TEVE, UMA VEZ, UMA NAMORADA QUE ME CHAMAVA DE TODDYNHO...
EU ACHAVA QUE ERA POR EU SER DOCE E GOSTOSO...
MAS DESCOBRI QUE ERA POR CAUSA DO TAMANHO DO CANUDINHO...
ALO?
EU QUERIA FALAR COM O POLICÁRIO!
NÃO TEM NENHUM POLICÁRIO. SÓ CUSTÓDIO.
CUSTÓDIO? RÁ! RÁ! CUSTÓDIO! RI! RI! CUSTÓDIO... VÊ SE PODE!
CLIC
E POLICÁRIO, PODE?
BEM-VINDO AO MEU LAR!!
O QUE É AQUILO?
UM VASO DE FLOR ARTIFICIAL!
QUE MAU GOSTO! FLOR ARTIFICIAL NÃO! NÃO ADMITO! FLOR ARTIFICIAL NÃO!
CUSTÓDIO
PÔ... ELA TINHA PEITO ARTIFICIAL E EU NUNCA RECLAMEI...

TIO, DESENHA UM ELEFANTE?
OUTRO?
É O 17º ELEFANTE, CAUÊ. PENSA EM OUTRA COISA!
VAMOS ASSISTIR A FITA DO DUMBO DE NOVO!
VOLTA AQUI! TO DESENHANDO O ELEFANTE!
VAMOS VER QUEM DESENHA MELHOR UM ELEFANTE?
OK!
OLHA O MEU!
E O MEU!
VOLUME, DISTORÇÃO
PERSONALIDADE
ORIGINALIDADE
PUTZ... ACHO QUE VOCÊ GANHOU!
EU JÁ SABIA!

"PESQUISAS MOSTRAM QUE GAYS, SUPERDOTADOS E CANHOTOS TÊM CÉREBROS PARECIDOS COM OS DAS MULHERES"...
GAY EU NÃO SOU...
NEM SUPERDOTADO
SÓ CANHOTO.
VÊ LÁ O QUE VOCÊ ME APRONTA
RÉ! RÉ! RÉ!

AGORA NÃO DÁ! ESTOU NO MEIO DE UMA TEMPESTADE MENTAL!
PRAZO
CHEQUE ESPECIAL
SÓCIO
CLIENTES
NAMORADA
CUSTÓDIO

OS DEGREDADOS FILHOS DE EVA
POR ALVES
NO PRINCÍPIO DEUS CRIOU O CÉU E A TERRA. A TERRA PORÉM ESTAVA VAZIA E NUA; E AS TREVAS COBRIAM A FACE DO ABISMO; E O ESPÍRITO DE DEUS ERA LEVADO POR CIMA DAS ÁGUAS.
DISSE DEUS: FAÇA-SE A LUZ.
E FEZ-SE A LUZ.
NÃO SEI COMO VOCÊS CONSEGUEM FICAR PASSANDO FRIO NESTA CIDADE HORRÍVEL, EVA?
VOU DAR O FORA! SEI DE UM LUGAR ONDE O INVERNO É MUITO MELHOR DO QUE ISSO AQUI!
AI, AI... CAMPOS DO JORDÃO É TUDO!!
BRRRRR, O QUE DEVE SER PIOR DO QUE O FRIO?
CABRUM!
FRIO E CHUVA!!
VER O PÔR DO SOL E A REVOADA DE POMBOS PREENCHE ESTE VAZIO QUE TENHO POR DENTRO!
BANG!
PRINCIPALMENTE A REVOADA DE POMBOS!

Evandro Alves, *Lagoa Santa - MG*

OLHA A CAPA DE VÍDEO!!
CAPA DE CELULAR!
CAPA DE LAVADORA, QUEM VAI QUERER?
OLHA A CAPA DE COSTELA!
E AÍ, GAROTINHA? SABE FAZER SEU VENTRE DANÇAR, ASSIM?
EU NÃO...
BRRRRR
ROONC
RONC
RONC
...MAS EM MATÉRIA DE PERCUSSÃO, MEU VENTRE DÁ UM SHOW!
PÔ, AS VEZES SINTO TANTA FALTA DE UM PAI...
PENA QUE EU MATEI O MEU!
EMANUEL TAMBÉM É UM MORADOR DAS RUAS!
EMANUEL, QUER SER MEU PAI?
E O QUE É QUE EU GANHO COM ISSO?
APARELHO DE SOM, DVD, TELEVISÃO, WALKMAN...
UÓÓÓÓÓÓ...
...E, É CLARO, UM MONTE DE PROBLEMAS COM A POLÍCIA!!
PÔRRA DIGUIM, É VERDADE QUE VOCÊ MATOU SEU VELHO?
É.
E COMO É QUE FOI QUE VOCÊ MATOU O CARA? TIRO, FACADA, ENVENENAMENTO?
PIOR...
...MATEI O VELHO DE DESGOSTO!

EU SEI QUE NÃO PRESTO!
SOU VAGABUNDO, TRAFICANTE, HOMICIDA, ESTELIONATÁRIO...
MAS AGORA ESTÃO QUERENDO DEMAIS!
DIGUIM
VOTE
O BRASIL ESTÁ PERDIDO, ESTAMOS À BEIRA DO CAOS TOTAL!! E SABE DE QUEM É A CULPA?
A CULPA É DO POVO!!
DO POVO, POR QUE?
QUEM É QUE ELEGE OS MAUS POLÍTICOS? QUEM É QUE RECEBE SALÁRIO MÍNIMO? QUEM É QUE MORRE NAS FILAS DOS HOSPITAIS? QUEM É ANALFABETO? SE O PAÍS ESTÁ ASSIM, A CULPA SÓ PODE SER DO POVO!!
PIOR QUE É MESMO!
ÊTA POVIM SAFADO!! E EU QUE PENSAVA QUE ERA TUDO CULPA DOS POLÍTICOS!
COMEÇO A ENTENDER MELHOR O PODER DO DISCURSO POLÍTICO...
EH, EH!
CIGANA, CIGANA!!! LÊ MINHA MÃO!!
IH, MINHA FILHA!! EU NUM SEI LÊ MÃO, NÃO!
?
DROGA, ELA DEVE TER ESTUDADO EM ESCOLA PLURAL...
TUDO BEM, CIGANA! NÃO SABER LER MÃO ATÉ QUE DÁ PRA PERDOAR...
MAS ISSO JÁ É DEMAIS!!! É UMA VERDADEIRA OFENSA À CLASSE DAS CIGANAS!!
DENTES DE BIJOUTERIA AO INVÉS DE DENTES DE OURO?
COMO PODE?
É A CRISE, MINHA FILHA...
TÔ VENDO UMA PORÇÃO DE HOMEM MONTADO NUNS CAVALO, TUDO CORRENDO ATRÁS DOCÊ!!
AI, AI, AI... DEVE DE SER OS MEU PRÍNCIPE ENCANTADO!
POCOTÓ! POCOTÓ! POCOTÓ!
ZUIMMMM
...OU ENTÃO A POLÍCIA MONTADA!

ELLEN RESOLVEU FAZER CURSINHO DE CIGANA!
ATÉ AGORA TEM SIDO FÁCIL, EU TENHO FEITO TODAS AS LIÇÕES...
VAPO!
PEGA!!
PEGA!
...INCLUSIVE AS LIÇÕES DE CASA!
DIGUIM, SUA MÃO TÁ ME DIZENDO QUE VOCÊ ESTÁ ME DEVENDO CINQUENTA PRATAS!
AH, É...
...E ESTA OUTRA MÃO AQUI, TÁ TE DIZENDO O QUÊ?
...QUE EU POSSO FINANCIAR ESSES CINQUENTINHA EM VINTE E CINCO ANOS!
SEM JUROS?
MOÇO, POSSO LER SUA MÃO?
CLARO, MINHA LINDA, GENTIL, E CORTÊS GAROTINHA!
VOTE ZÉ
EU JÁ DEVIA IMAGINAR...
DIGUIM TAMBÉM RESOLVEU CAIR NA CIGANAGEM!!
SUA LINHA DA VIDA É CURTA!
NÃO ACREDITO!!
BANG!
NUM FALEI?
MEU DEUS!!! ESTOU TENDO VISÕES!
VEJO MULHERES HISTÉRICAS CORRENDO DE UM LADO PARA O OUTRO, VEJO PÂNICO NO OLHAR DOS HOMENS...
O QUE É ISSO, O APOCALIPSE?
NÃO, LIQUIDAÇÃO DE NATAL!!
AH, AH... MUITO ENGRAÇADO!
FIM

EU LI QUE OS EUA TÊM SATÉLITES QUE PODEM VIGIAR CADA JANELA AQUI EMBAIXO
LEGIÃO URBANA
EU LI QUE OS EUA TÊM MÍSSEIS QUE PODEM ATINGIR CADA JANELA AQUI EMBAIXO
NO BLOOD FOR OIL.
*SANGUE POR PETRÓLEO NÃO

EI, AMIGO! DÁ UMA OLHADA PRA LÁ!
EU?
LIXURB
003
ISSO! ASSIM TÁ ÓTIMO!
?
LIXURB
O GARI TAMBÉM PAROU PRA ACOMPANHAR O CORTEJO QUE SEGUIA RUMO AO ENTERRO DO MAGNATA DAS TELECOMUNICAÇÕES...

"10 DE SETEMBRO DE 1999. SINTO FORMAR-SE EM MIM UMA RESOLUÇÃO REALMENTE SÓLIDA. É O MOMENTO DA MUDANÇA. DE AGORA EM DIANTE SEREI OUTRA PESSOA."
MAS QUEM FOI QUE ANDOU ESCREVENDO NO MEU DIÁRIO?

PESQUISA: O QUE VOCÊ PENSA DE...
ÃH...
DEIXA PRA LÁ...

ÀS VEZES EU TENHO A IMPRESSÃO DE QUE EU NÃO EXISTO!
E QUE TUDO O QUE EU SINTO É PASSAGEIRO COMO AS NUVENS...
SÓ.
ISSO PASSA.

TALVEZ EU NÃO DEVESSE TER PENA DE MIM MESMO.
ALGUÉM AÍ SE HABILITA?
FOI O QUE EU PENSEI.

Ô PESSOA, QUE CÊ TÁ ARRUMANDO AÍ?
TÔ DISTRIBUINDO UMA POESIA QUE EU FIZ. É SOBRE A INUTILIDADE DOS ESFORÇOS HUMANOS
PEGUEI A IDEIA.

TOMA. SEGURA ISSO, PESSOA.
?
SINTA A CONSISTÊNCIA! O PESO DA REALIDADE!
PODE SOLTAR?

TIUNK.
ANOS DE TREINO.

CARA, EU NÃO ENTENDO PORQUE O MUNDO TEM QUE TER TANTA INCOERÊNCIA, CRUELDADE E DOR...
HUM.
PORQUE SE NÃO FOSSE ASSIM JAMAIS EXISTIRIA O METAL PESADO DEPRESSIVO.
SIM!

Rogério Marcus Tomaz Gomes, *Belo Horizonte - MG*

O ABOMINÁVEL FLANELA DA RUA DAS NEVES
TEXTO: EDSON BRAGA
ARTE: Mitchell
Julho 2004
EXCELENTE REDAÇÃO!
QUANDO CRESCER, VOCÊ VAI SER UM GRANDE ESCRITOR!
ME LAVE
COMO ELE CONSEGUIU FAZER ISSO?
SÓ DEUS SABE! EU NEM SEI QUEM É O DONO!
TE PAGO NA VOLTA!
DISMAKE! DISMAKE!
DISMAKE! OK!
É DIFÍCIL FLANELAR CARRO GRINGO!

Vinicius J. S. Mitchell e Edson Evangelho,
Rio de Janeiro - RJ

CARRO VERMELHO MAL ESTACIONADO...
... SÓ PODE SER MULHER!
ESTÁ NA HORA DE REVER OS SEUS CONCEITOS
ERR... TUDO BEM?
AQUELE CARRO É DE POLÍTICO!
COMO VOCÊ SABE ?
LAU 171
O QUE ACONTECEU? VOCÊ TÁ TODO QUEIMADO!
ESTACIONEI UM CARRO DA AL QAEDA...
IRONIAS DA VIDA
"PROCURA-SE PESSOA PARA TRABALHAR DE FLANELINHA..."
Classificados
NÃO HÁ VAGAS
VEM! VEM MAIS!
VEM! PODE VIR!
TÁ BOM! DEIXA SOLTO !
BONITA FLANELA, FERNANDINHO!
SE AMARROU? ELA É FEITA DE PLATINA!
CEM MIL CARROS ESTACIONADOS!
FILHO...
... UM DIA ISSO TUDO SERÁ SEU!
FÉRIAS, QUE BELEZA!
FICO PENSANDO: QUEM VAI SUBSTITUIR UM CARA QUALIFICADO COMO EU?
ESTACIONE AQUI!
VAGAS

MONSTRO
BENETT 2004
UAU QUE SEIOS LINDOS! MARAVILHOSOS! O QUE FALTA PARA ELES SEREM PERFEITOS?
NÓS NUNCA ESQUECEMOS UM ROSTO, MAS NO SEU CASO VAMOS ABRIR UMA EXCEÇÃO!
SER FÃ DE GROUCHO MARX!
BENETT
ESTE É O ÚNICO LUGAR ONDE ENCONTRO ALGUÉM PARA CONVERSAR...
OLÁ, TUDO BEM?
VALE DO ECO
RRÍING!
DEVE SER MINHA NAMORADA...
ALÔ? SÓ PRA DIZER QUE TE ODEIO, DESPREZO E JAMAIS TRANSARIA COM VOCÊ!
CLICK!
ELA SEMPRE LEMBRA DE LIGAR NO MEU ANIVERSÁRIO!
BENETT

COMICS TRIPA
2004
BENETT
CHEGADA
BENETT
BENETT

COMICS TRIPA
2004
BENETT
QUE COXAS!
BENETT
QUANDO EU VEJO VOCÊ, FICO DE QUEIXO CAÍDO!
HUMMM... ALGUM MOTIVO ESPECIAL?
BENETT
LEPRA!
PLONK!

COMICS TRIPA
2004
BENETT
CÃIN!
CRÁS!
NÃO HÁ VAGAS
NÃO HÁ VAGAS
NÃO HÁ VAGAS
PIF!
NÃO HÁ VAGAS
BENETT
ENTREGUE AQUI A SUA ARMA
ENTREGUE AQUI A SUA ARMA
EI.
BENETT

Benett Macedo, *Curitiba - PR*

cobaia
WALDEZ
ME DÊ UM ROLO DE ESPARA-DRAPO!
PRONTO!
É UM ASSALTO!!
PESQUISA: VOCÊ ACHA QUE A VIOLÊNCIA JÁ TOMOU CONTA DA SOCIEDADE?
SOC!
ACHO!!

Raimundo Waldez da C. Duarte, *Belém - PA*

Papo-Casal
FUGAS EMOCIONAIS DE
NÃO ERA ESSE TIPO DE MOLDURA, SUA ANTA!
LAR DOCE LAR
PORQUE VOCÊ NÃO FOI MANDAR EMOLDURAR, SUA VACA?
FALA EU TE AMO!
EU TE AMO!
FALA MAIS EU TE AMO!
EU TE AMO! EU TE AMO! EU TE AMO!
SÓ MAIS UMA VEZ!
SACO!
COMO VOCÊ CONSEGUE SER TÃO FALSO?
EU?!
A BEBIDA VAI ACABAR NOS SEPARANDO.
COMO?
EU SABIA QUE VOCÊ TAVA BEBENDO COM ESSA PIRANHA!
ME SINTO TÃO VIGIADO! ÀS VEZES ACHO QUE ELA MONITORA ATÉ OS MEUS PENSAMENTOS!
REPETE SE FOR HOMEM!

Ronaldo Augusto Moreira Rodrigues,
Macapá - AP

GRUMP
ORLANDELI
OLHA, VÂNDALO. ACABOU A SOLIDÃO!!!
COMPREI UM LIVRO DE SIMPATIAS, PARA ARRUMAR NAMORADA.
VEJAMOS... "DICAS DO AUTOR PARA A SUA SIMPATIA TER SUCESSO..."
... PERCA PESO, PENTEIE ESSE CABELO CORTE AS UNHAS...
LEMBRE-ME DE ENVIAR MEUS CUMPRIMENTOS AO AUTOR.
PRIMEIRA SIMPATIA: ESCREVE O NOME DE CADA MOÇA NUM PAPELZINHO, DOBRA E JOGA NA ÁGUA.
O PAPELZINHO QUE ABRIR, É O NOME DA NOIVA!
AGORA É SÓ ESPERAR!
VADIAS!!
POF
SIMPATIA PRA SABER COM QUEM VAI SE CASAR...
É BEM SIMPLES: ESCREVE O NOME DE TRÊS PESSOAS QUE A GENTE GOSTA. JOGA DOIS FORA. A QUE SOBRAR, É A FELIZARDA!
UAU!! QUE SORTE!! VOU CASAR COM A DANIELLA CICARELLI!
VOU DAR UMAS PORRADAS NESSE CACHORRO!
RÁ RÁ RÁ RÁ RÁ

Walmir Amerco Orlandeli, *S. J. do Rio Preto - SP*

ESSE NEGÓCIO DE "SIMPATIA" NÃO ESTÁ DANDO MUITO CERTO.
O JEITO VAI SER APELAR PRO SANTO.
VÂNDALO, VAI BUSCAR UMA VELA QUE EU VOU ACENDER PRA SANTO ANTÔNIO.
QUEM SABE, FAZENDO UM AGRADO, ELE ME ARRUMA UMA MOÇA BEM BONITA E CHEIROSA.
ESTAMOS ENGRAÇADINHOS HOJE, HEIM?!
SANTO ANTÔNIO, AJUDAI ESSE CORAÇÃO SOLITÁRIO A ENCONTRAR UMA NAMORADA...
TENHO CERTEZA QUE SUA SABEDORIA CASAMENTEIRA, ESCOLHERÁ A MULHER IDEAL PARA A MINHA PESSOA...
EM TODO CASO, SE PRECISAR DE UMAS DICAS, EU TROUXE UMAS REVISTINHAS QUE SÃO UM ARRASO!!
Ó, MEU SANTO, O QUE EU PEÇO É QUASE NADA. SÓ QUERO UMA MULHER BONITA, INTELIGENTE, CARINHOSA, SENSUAL...
QUEM CHAMOU?
NÃO ACREDITO!
SANTO ANTÔNIO, O CASAMENTEIRO?!
ERRADO!
SÃO JUDAS, O DAS CAUSAS IMPOSSÍVEIS!!
SE O MEU PEDIDO FOI PARA SANTO ANTÔNIO, ENTÃO O QUE VOCÊ ESTÁ FAZENDO AQUI?
ELE JÁ ESTAVA A CAMINHO, QUANDO SETENTA E UM ANJOS DESCERAM DO CÉU E FALARAM NUMA SÓ VOZ: "SANTO ANTÔNIO, DEIXE QUE SÃO JUDAS TADEU VÁ NO SEU LUGAR!"
NOOOSSA!...
ODEIO FAZER ISSO, MAS, SE DISSESSE QUE SÓ ESTOU COBRINDO FÉRIAS, O GLAMOUR DIVINO IRIA PRO BELELÉU.
SETENTA E UM ANJOS... PUTS!...

RECAPITULANDO: MINHA NAMORADA DEVE SER LINDA, CORPO ESCULTURAL, RICA, MEIGA...
O LINDÃO NÃO ACHA QUE ESTÁ PEDINDO DEMAIS NÃO?!
ESSA É BOA! E NÃO É O BONITÃO QUE SE DIZ "O SANTO DAS CAUSAS IMPOSSÍVEIS"?! ENTÃO?!
BOM, CONTINUANDO: UMA MULHER CARINHOSA, SARADA, INTELIGENTE...
PRECISO CONVERSAR SERIAMENTE COM MINHA ASSESSORIA DE MARKETING SOBRE ESSE "SLOGAN"!
DIACHO! SÃO JUDAS SAIU PRA ARRUMAR UMA NAMORADA PRA MIM E ATÉ AGORA NÃO VOLTOU...
AI, JISUIS! TERÁ ACONTECIDO ALGUMA COISA?...
...AÍ EU FALEI: "JESUS, PÉSSIMAS NOTÍCIAS ACABOU O VINHO". NA MESMA HORA ELE...
ISSO É UM ABSURDO!
FIZ O PEDIDO, ACENDI A VELA... E CADÊ?! NEM TCHUNS!!
ESTOU ME SENTINDO LESADO!
TÁ BOM! TÁ BOM!
JÁ QUE EU PROMETI. VOU VER SE ARRUMO UMA NAMORADA PRA VOCÊ. OK?!
BEM... VEJAMOS O QUE PODE SER FEITO... HUUUMM...
"MULHERZINHA INFALÍVEL", NEM PENSAR, NÉ?!
BOAS NOTÍCIAS!! ACHO QUE ENCONTREI A NAMORADA IDEAL PRA VOCÊ!!
UAU!! ELA É INTELIGENTE?
SIM!
É CARINHOSA?
SIM!!
É BONITA?
...
DEIXA EU VER ESSA FOTO!!
NUNCA!!

QUEM PEDE PRA SÃO JUDAS, NÃO FICA NA MÃO!! VOCÊ QUERIA UMA NAMORADA ENTÃO AQUI ESTÁ ELA.
COM VOCÊS... CA-RO-LI-NE!
OI. TUDU BÃO?!
RECONHEÇO QUE NÃO FOI UMA ENTRADA TRIUNFAL, MAS AOS POUCOS VOCÊS VÃO SE ENTENDENDO.
QUEM TEM CHICRETE?!
AI... NÃO ESTOU ME SENTINDO BEM...
QUERIA UMA NAMORADA RICA, INTELIGENTE E BONITA. VOCÊ ME ENGANOU!
UM SANTO NÃO FARIA ISSO.
AH, É?! ENTÃO PROVE!
"A SAÚDE É O BEM MAIS VALIOSO" ELA NUNCA ADOECEU, ENTÃO SÓ PODE SER RICA!
PASSOU NO VESTIBULAR, OU SEJA, É INTELIGENTE.
"O IMPORTANTE É A BELEZA INTERIOR" ISSO FAZ DELA PRATICAMENTE UMA MISS.
SAUDAÇÕES AO JOVEM CASAL!!
ESSE CARA DEVIA SER POLÍTICO!
OI, LINDU. CÊ SUMIU!!
EI, AONDE VOCÊ VAI?
PRA CASA, ORAS. JÁ FIZ A MINHA PARTE, EU É QUE NÃO VOU FICAR AQUI "SEGURANDO VELA".
FUI!
CARAMBA! AGORA QUE SÃO JUDAS FOI EMBORA, O QUE VAMOS FAZER?
POR ACASO, ISSO FOI UM CONVITE?!
BEM, CAROLINE... ERR... NÃO SEI COMO DIZER... MAS SABE, ACHO QUE NÃO TEMOS NADA EM COMUM. NO FINAL NÃO DARIA CERTO...
NÃO ACREDITO! CAROLINE!
FINALMENTE CONSEGUI TE ENCONTRAR!!
DEPOIS DAQUELA NOITE, NUNCA MAIS TE ESQUECI. VENHA COMIGO, CAROL. PRECISO DE VOCÊ PARA SER FELIZ!!
ELA VOI ZEMBORA BÂNDALO... A BAGABUNDA BE TROCOU BOR OUTROO...

SALÃO
INTERNACIONAL
DE HUMOR DE
PIRACICABA

PARALELAS

A emoção de concorrer
A alegria de participar

Estive presente à maior parte dos salões. Das primeiras vezes, vivi a emoção intensa de concorrer. E tive, anos depois, a alegria de participar do júri, honrado em estar ao lado de figuras importantes do humor brasileiro e até internacional, em várias ocasiões.

Me lembro do orgulho em ser premiado. Ser escolhido por um júri de pesos pesados, como Millôr, Fortuna, Mino Carta, Carlito Maia e outros, me enchia a bola, me deixava sonhando.

Quando penso nos primeiros salões, volta à minha mente o clima no momento em que os jovens cartunistas de então concorríamos. Era uma excitação muito grande, todos querendo fazer um desenho fantástico, que desancasse a ditadura e arrebentasse a boca do balão.

A ditadura se foi com seus carrascos e generais, mas ficaram os aproveitadores de plantão, a desigualdade social e a violência, e assunto não falta. E foram surgindo sempre novos cartunistas e caricaturistas com o mesmo entusiasmo. Como nos primeiros salões, todos capricham para faturar um prêmio e se inserir ou destacar.

Assim é que no céu de Piracicaba, a cada ano, brilha alguma nova estrela. Estão aí Adão, Cau Gomes, Batistão, Biratan, Dálcio Machado, Eduardo Grosso, Marcos de Souza, Rodrigo Rosa, Flavio Rossi, Ulisses, Dacosta, Guazzelli, Paffaro, Gustavo G., Gilmar Fraga e Luciano Vendramini que não me deixam mentir.

Quero voltar sempre a Piracicaba para ver a água passar debaixo da ponte pênsil. Assim como a água que passa nunca é a mesma, sempre é possível ver novos talentos ali ao lado, no engenho.

Alcy
Cartunista

Eduardo Grosso - Num tô achando graça

Exposição de cartuns de Eduardo Grosso, uma das grandes revelações do Salão, cartunista piracicabano.

Local: *Galeria Engenho Central*

Menção ao Rosa

Os cartuns premiados (ou não) de Rodrigo Rosa. Um dos principais cartunistas gaúchos da atualidade, Rodrigo Rosa, que desenhou o cartaz desta 31ª edição, apresenta um pouco mais de sua obra.

Local: *Engenho Central, Armazém 14*

Exposição 30 anos de humor

Exposição dos trabalhos premiados nos 30 anos de realização do mais importante salão do mundo. Composta pelos trabalhos originais do Acervo do Salão, constituído através dos prêmios aquisitivos e também banners informativos sobre cada ano.

Local: *Engenho Central, Armazém 14*

São Paulo por Paulo Caruso

A exposição é uma seleção de doze imagens da vida na megalópole, reproduzidas em tamanho natural no calendário que a Imprensa Oficial do Estado editou este ano, em comemoração aos 450 anos de São Paulo. São elas: Edifício Copan, Monumento às Bandeiras, Teatro Municipal, Museu do Ipiranga, Centro Cultural Banco do Brasil, entre outros.

Local: *Centro Cultural Martha Watts - Unimep, Rua Boa Morte, 1257*

Guido Crepax

Homenagem ao cartunista italiano morto no ano passado.

Local: *Engenho Central, Armazém 9*

Henfil baixou aqui!

Homenagem ao cartunista Henfil. A exposição reúne charges e caricaturas de vários cartunistas inspirados por Henfil e faz parte do acervo do Instituto do Memorial das Artes Gráficas - Imag.

Local: *Casa do Povoador, Av. Beira Rio, 800*

No covil do Jaguar - 50 anos de humor do velho lobo do bar

Cerca de 60 trabalhos do mestre Jaguar, com uma abordagem filosófica e política de um dos fundadores do Salão. A exposição enfoca sua obra pela ótica do cotidiano, do trabalhador, do sexo e da carência, através de seu extenso e multifacetado campo de idéias.

Local: *Engenho Central, Armazém 14 B*

Humor e poesia

Juntos, pela primeira vez, a poesia no traço e o humor na poesia. Pela primeira vez em exposição para o público. Um trabalho coordenado pelo cartunista Claudius.

Local: *Engenho Central, Armazém 9*

De pai para filho

A mostra apresenta a trajetória de duas gerações de cartunistas, Fausto Longo e seu filho Luccas Longo, ambos premiados no Salão de Humor de Piracicaba.

Local: *Engenho Central, Armazém 9*

Mural do Canecão

Após 3 anos, a réplica do Mural do Canecão, pintado em afresco em 1967, por Ziraldo e destruído na reforma do bar, foi recuperado no ano de 2001.
O painel em lona vinílica mede 31m de largura por 4 de altura e possui 180m^2 de área impressa.

Local: *Pátio Central do Engenho Central.*

SALÃO INTERNACIONAL DE HUMOR DE PIRACICABA

PARTICIPAÇÕES

Refletir sobre o Salão de Humor de Piracicaba

O Salão de Humor de Piracicaba cumpre, desde sua primeira versão em 1974, um significativo papel para o humor gráfico contemporâneo. Sua origem representou uma ousadia ao desafiar a censura imposta pela ditadura militar, o que, certamente, vocacionou-o como território livre para a expressão crítica, sutil, refinada e sarcástica dos cartunistas que destilam no papel a revolta de muitos povos que vivem sob o manto da opressão. Percorrendo o rico acervo dessas 31 versões, podemos testemunhar o registro de um pouco da história de todos nós. Da política às questões sociais, ou pelo simples provocar a inteligência, o humor rompe barreiras, sobrevive aos tempos mais difíceis e com certeza vai continuar, para sempre, atraindo gerações.

No âmbito local, bem "terra da gente", o Salão também deu sua contribuição: a exemplo da centenária Festa do Divino e tantas outras manifestações, enraizou-se como parte da nossa cultura. Hoje, o Salão não é mais de Piracicaba ou do Brasil, é do mundo. Os limites de nosso território não se medem mais pelos marcos geográficos; o humor fez a alma piracicabana desconhecer fronteiras e se transformar num acolhedor e reconhecido refúgio global do dizer gráfico. É sobre essa importância que temos que refletir quando completamos 30 anos. É uma boa hora para nos perguntar: como e para onde queremos caminhar, qual deve ser o nosso papel e como deveremos agir para que o Salão cumpra sua missão?

Chegou o momento, acredito, de repensarmos o Salão de Humor de Piracicaba. Se já tem história (e que história!) como nenhum outro no Brasil e projeta internacionalmente seus participantes, temos, agora, que dotá-lo de infra-estrutura e gestão profissionais e de apoio empresarial para que possa corresponder ao que dele se espera, não o simples papel de evento e sim institucional.

Temos tido a oportunidade de contribuir para tornar possível um verdadeiro condomínio de museus ligado às artes gráficas, um dos primeiros do País, podendo consolidar a cidade como pólo cultural das artes gráficas, além de proporcionar novas alternativas e novas oportunidades para sua inserção definitiva e diferencial na cartografia cultural internacional.

Fausto Guilherme Longo
Cartunista

Países participantes e número de inscrições

País	Inscrições
Alemanha	4
Argentina	6
Bélgica	1
Bósnia	1
Brasil	418
Bulgária	1
Canadá	1
Chile	1
China	2
Chipre	1
Colômbia	1
Cuba	2
Egito	1
Eslováquia	6
Espanha	2
França	1
Grécia	1
Indonésia	1
Irã	2
Israel	3
Itália	3
Japão	1
Polônia	1
Rep. Tcheca	1
Romênia	3
Rússia	2
Sérvia	1
Turquia	5
Ucrânia	3
Uruguai	2
Uzbequistão	1

Parabéns Piracicaba!

Coordenação:

objeto Brasil

Concepção Editorial:
Joice Joppert Leal

Editor:
Djalma Lima

Design e Projeto Gráfico:

müller Camacho
Marketing e Comunicação

Alcebíades Maia Souto Jr.
Livia Germano
Alessandra Garbin

Finalização:

TECHNO IMAGE
pré-impressão

Guilherme Bittencourt Proença

Revisão de Textos:
Francisco Marçal dos Santos

Escaneamento:
Christiano Diehl Neto e Edigraf

Tratamento de Imagem:
Studio D

Papel:

Votorantim
Celulose e Papel

Fotolito, impressão e acabamento:

imprensaoficial